Seiju Amano
아마노 세이주
Illustration
후카히레
「뭉실뭉실 해요~!」
페리스는 사탕을 한입 가득 입에 넣어 빰을 다람쥐처럼 부풀렸다.
열살 5
최강 마도사

「바스테나 왕국 제1 왕녀,
엘리제 디 바스테나입니다.」
늠름한 목소리가
소녀들의 귓가에
닿아 울렸다.

페리스의 말에
검은 비의 마녀가 끄덕였다.
한 쌍의 펜던트를 내밀자
떨리는 손으로 받아들고서
가슴에 꼭 안았다.

「엘리제는 제법 나쁜 아이였구나!」
「어머, 눈치채셨나요?」
음식이 담긴 접시가 계속해서 들어왔다.
엘리제 공주가
학교와 트레이유 이야기를 들려달라고 해
모두가 이야기에 꽃을 피우는 사이에
시간은 금세 흘렀다.

공주님은 소녀의 영원한 동경.
그 성역에 발을 들인 탓에
너도나도 들떠 있었다.

엘리제 공주는 용감하게
마녀를 응시했다.
「넘길 수 없어요.」

까요! 이제 롯테 선생님이나 일라이자 선생님처럼 누군가가 큰 일을 당하는 건 싫어요!"

일라이자 선생님이 어둠에 빠져 폭주한 사건 이후, 검은 비의 마녀는 그 행방이 묘연해졌다. 일단 마녀의 생각이나 목적에 관해 조금이라도 단서가 없을지 확실하게 조사해보려고 도서관을 찾아온 참이다.

자넷이 두 손을 모아 뺨에 얹었다.

"저도 전력을 다해 도와드리겠어요! 라인츠리히의 뛰어난 두뇌가 있다면 마녀의 마음을 읽은 것은 식은 죽 먹기랍니다!"

앨리시아가 자기 생각을 말했다.

"우선 검은 비의 마녀에 대한 전승을 얼추 조사해보자. 왕국 내의 봉인이나 유적도 조사하는 편이 좋겠어……. 마녀와 만난 사당에 관해서도 알 수 있을지도 모르니까."

테테루가 주먹을 들었다.

"나는 책은 어려우니까 너희가 피곤해지면 마사지해줄게! 나비라 족에 전해지는 귀중한 비술로!"

"엄청난 조사예요~!"

페리스는 두근두근하며 친구들과 함께 책장을 둘러보았다.

재앙을 막기 위한 중요한 작전이니 진지하게 해야겠지만 참을 수 없이 가슴이 두근거렸다. 지식을 넣으면 넣을수록 자신이 잃어버린 무언가를 되찾는 듯한 신기하면서도 그리운 느낌이 있었다.

페리스와 앨리시아, 자넷이 역사서, 마술서, 민속학 전문서, 그림 동화책 등, 닥치는 대로 자료를 모으면 테테루가 그것을 들었다. 이내 작은 몸집이 보이지 않을 정도로 산더미처럼 쌓였는데도 테테루는 중심을 잃지 않고 가볍게 운반했다.

역시 그 모습이 눈에 띄었는지 사서 선생님이 주의를 주었다.

"잠깐, 애들아. 위험하니까 다 읽은 뒤에 다음 책을 빌려요."

"죄, 죄송해요!"

페리스는 다급히 사과하고서 책상으로 이동했다.

여럿이 사용하는 커다란 떡갈나무 책상. 복잡한 문양이나 문자가 새겨진 오래된 물건이지만 묵직한 판자 위로 테테루가 대량의 책을 올리니 너무 무겁다고 항의하려는 듯이 삐걱거렸다.

"영차, 영차."

페리스는 열심히 의자에 기어올랐다.

그것을 지켜본 자넷은.

'안아주는 편이 좋을까요? 하지만 제가 페리스를 안겠다고 나설 수는 없어요! 아아, 열심히 오르는 페리스도 귀엽군요!'

그렇게 상반된 감정에 몸부림쳤다. 그러는 사이 페리스가 의자 등반에 성공하는 바람에 천재일우의 스킨십 기회를 놓치고 말았다.

페리스는 간신히 의자에 자리잡고서 천천히 마술사학 책을 펼치고 진지한 얼굴로 종이를 넘겼다. 상식을 벗어난 처리 능력을 활용해 계속해서 정보를 뇌에 집어넣었다. 마술의 여명기부터 수많은 위대한 마술사의 연구, 그것과 더불어서 일어난 소동에 이르기까지 면밀하게 조사했다.

작은 입술을 굳게 다물고 사랑스러운 미간에 주름을 새기면서 놀라운 기백을 보였다. 그 모습은 주변 소녀들도 압도되었다.

"이렇게 진지한 페리스는…… 처음 봤어요……."

"항상 열심히 하지만…… 오늘은 특히나 열심히 하네."

"나, 나도 읽지 않으면 혼나려나……?"

속삭이는 소녀들.

그러나 저번 일라이자 선생님과의 싸움으로 피로가 쌓였는지 책의 절반 정도까지 읽었을 무렵, 페리스의 눈꺼풀이 감기기 시작했다. 고개를 꾸벅꾸벅 끄덕이더니 책에 얼굴을 파묻을 것만 같았다.

"……페리스. 졸리면 오늘은 기숙사로 돌아갈까?"

앨리시아가 페리스의 어깨에 손을 올렸다. 그러자 페리스는 퍼뜩 고개를 들었다.

"괘, 괜찮아요! 아직 힘낼 수 있어요!"

필사적으로 책의 두 끝을 붙들고서 의식을 깨우려 하지만 좀처럼 생각대로 되지 않았다. 이번에는 좌우로 몸이 흔들리기 시작하더니 의자에서 떨어질 뻔했다. 자넷은 안절부절못하며 두 손을 내밀어 페리스가 바닥에 떨어지지 않게 대기했다.

우선 오늘 날씨가 너무 따스한 것이 문제다. 높이 달린 스테인드글라스의 창문에서 드는 햇살은 마치 강력한 환혹 마술과도 같았다. 페리스의 등을 기분 좋게 따뜻하게 해주어 편안한 꿈나라로 인도하려 했다.

얼마 지나지 않아 페리스는 졸음을 이기지 못하고 잠들어버렸다. 펼친 책에 팔을 올리고 그 위에 머리를 놓고는 새근새근 숨소리를 냈다. 인형처럼 사랑스러운 속눈썹, 반쯤 벌려진 연분홍색 입술에 친구들뿐만 아니라 다른 학생들도 시선을 빼앗겼다.

"천사……이어요…… 훌쩍…… 훌쩍……."

"어째서 자넷이 우는 거야?"

복받치는 감동에 전율하는 자넷과 고개를 갸웃하는 테테루.

"울 수밖에 없잖아요! 이건…… 기적이어요! 예술품이라고요! 라인츠리히의 모든 재산을 동원하더라도 손에 넣을 수밖에 없다고요!"

그대로 크리스털 케이스에 봉인해 저택으로 돌아가고 싶은 마음과 그런 비인도적인 짓은 할 수 없다는 생각 사이에 놓인 자넷이 괴로워했다. 욕망과 상식의 사이에 낀 것이다.

그런 심정은 주변 학생들도 마찬가지인 듯했다.

"고맙습니다…… 고맙습니다……."

"이제 미련은 없어……."

"도서관이 천국이었구나……."

"잠든 페리스의 입에 마시멜로를 넣고 싶어……."

"질식할 거라고! 멀리서 조용히 바라봐!"

황홀한 표정으로 다들 환희했다.

"어머나…… 페리스도 참. 어지간히 피곤했던 모양이구나."

앨리시아가 미소 지었다. 그러자 테테루가 어깨를 으쓱였다.

"어쩐지 깨우기 미안하네. 이대로 자게 놔두쿨쿨."

"자기까지 잠들었잖아요?!"

역시나 건강우량아 테테루. 빨리 잠드는 것도 천하무쌍이다. 나무 위에서 잠들 때와 마찬가지로 몸을 둥글게 말고 무릎을 안고서 의자 위에 몸을 뉘었다.

"하지만 확실히 깨우기 미안하네요. 무리하면서 노력하게 하고 싶지 않으니 페리스가 일어날 때까지 기다리기로 하죠. 어때요, 앨리시아."

자넷이 라이벌 소녀를 바라보니.

"…………새근."

앨리시아까지 책상에 기대 잠들고 말았다. 매일 함께 자는 탓에 페리스가 잠든 소리를 듣기만 해도 조건 반사로 잠에 빠지는 체질이 된 것이다. 게다가 페리스의 잠든 얼굴까지 봤으니 더는 버틸 수 없었다.

"음냐, 음냐…… 안 자요……."

"스테이크…… 바르도라돈의 스테이크…… 스읍."

"페리스…… 고양이를 공중에 띄우면 안 돼……."

영문을 알 수 없는 잠꼬대를 하며 셋이서 낮잠 타임을 가졌다.

이렇게 되면 홀로 남겨진 자넷만이 불편해진다.

"자, 잠깐만요! 저만 남겨두는 건가요?! 페리스, 앨리시아, 하바라스카 양! 어째서 무시하는 거죠?! 괴롭히는 건가요?! 저, 저기요! 제, 제가 싫어졌나요?!"

반쯤 울먹이며 앨리시아와 테테루의 어깨를 흔들었다.

무시하고 자시고 의식이 없으니 대답할 수 없는 것뿐이지만, 그 사실을 자넷에게 설명할 용기가 있는 학생은 없었다. 자넷을 어떻게든 할 수 있는 것은 앨리시아와 페리스뿐이라는 것을 알고 있으니까.

"저, 저도 낮잠 정도는 잘 수 있어요!"

의문의 대항심을 불태운 자넷은 책상에 얼굴을 묻었다. 그리고 선언했던 것처럼 이내 자넷도 친구들과 함께 우아한 숨소리를 내기 시작했다.

말을 하지 않으면 앨리시아에게 절대 뒤지지 않을 정도로 아름다운 자넷의 잠든 모습에 도서관 학생들은 한층 더 감사하는 마음이 굳건해졌다. 네 사람의 모습을 스케치하는 사람까지 있었다.

깨워서는 안 된다. ……특히 자넷은.

그런 암묵적인 이해가 도서관 사서 선생님에게까지 침투했다. 종이를 넘기는 소리조차 신중했고 대화하는 목소리는 사라졌다. 페리스 일행의 수면을 방해해선 안 된다는 마음으로 도서관의 모두가 단결했다. 본디 조용히 있어야 하는 공간이지만 이렇게까지 고요해진 것은 학교가 설립된 이후 처음 있는 일이었다.

그렇게 도서관이었던 『페리스의 잠든 얼굴을 지켜보는 모임 본부』로 롯테 선생님이 찾아왔다.

검은 비의 마녀가 만든 고치에서 해방된 이후 마술사단의 시설에서 치료를 받으며 사정을 설명하다가 이제야 풀려나 학교로 돌아온 참이었다.

아무래도 페리스가 자신을 고치에서 구해준 모양이고 일라이자 선생님까지 구해주었다고 하니 인사를 하러 온 참이었다.

"아, 여기 있었네! 페리스~!"

그러나 롯테 선생님의 목소리가 나오자마자 도서관 학생들이 입술에 손가락을 가져가 쉿 하고 주의를 주었다. 자신이 찾던 페리스와 그 친구들은 깊은 낮잠에 빠져 있었다. 화창한 햇살을 받으며 아기 고양이처럼 등을 위아래로 새근새근 움직이는 모습이 네 사람 모두 무척이나 기분 좋아 보였다.

롯테 선생님은 순식간에 상황을 이해했다. 영원한 스무 살을 자처하고 있지만 속으로는 슬슬 생일이 무서워진 연령, 주변 분위기를 파악할 능력은 있다. 지금은 관찰자가 되어야 할지, 아니면 참가자가 되어야 할지를 고민하다가.

"……응! 이건 선생님도 자야겠네!"

롯테 선생님은 그렇게 결의하고서 자넷 옆에서 수면 모드에 들어갔다.

비가 내렸다.

밤의 호수처럼 칠흑의 어둠으로 가득 찬 공간. 하늘도 벽도 땅도 형태를 알 수 없이 똑같은 검정으로 물든 세계에 물방울이 떨어지는 소리만이 울렸다.

그런 허무에 몸을 맡긴 페리스는 막연하게 이것이 꿈이라는 것을 깨달았다. 아까까지 함께 있던 친구들과 익숙한 도서관도 없다. 온도조차 존재하지 않는 서늘한 암흑, 그 중앙에 한 소녀가 멍하니 서 있는 것이 보였다.

검은 눈동자, 검은 머리카락, 상복과 같은 드레스.

"……검은 비의 마녀 씨?!"

페리스는 몸을 움츠렸지만 검은 비의 마녀는 공격하려 하지 않았다. 오히려 페리스의 존재를 조금도 신경 쓰지 않는 것처럼 비현실적으로 아름다운 눈동자에서 눈물을 흘렸다.

페리스는 깨달았다. 빗소리라고 생각한 것은 비가 아니라 마녀의 눈물이 땅으로 떨어지는 소리였다. 흑진주처럼 매끄러운 물방울이 도자기 같은 뺨을 타고 뾰족한 턱에서 떨어졌다.

그 광경은 숨이 멎을 정도로 아름다워서, 페리스는 상대가 흉악한 적인 것도 잊고서 그 자리에 멈춰 섰다. 비탄에 빠진 검은 비의 마녀를 보니 자기까지 가슴이 에는 것처럼 아팠다. 설령 태고의 대역죄인이더라도 괴로워하는 사람을 내버려 둘 페리스가 아니다.

"저, 저기…… 어째서 울고 계시나요……?"

자신도 모르게 검은 비의 마녀에게 말을 걸었다.

그러나 마녀는 답하지 않았다. 그저 빛이 담기지 않은 텅 빈 눈동자로 아무것도 없는 허공을 바라보며 하염없이 눈물을 흘렸다. 가냘프게 움츠린 어깨가, 간간이 숨을 쉬는 입술이 자신에게 간섭하는 모든 것을 거절했다. 차가운 증오가, 격렬한 절망이 마녀의 온몸에서 스며 나왔다.

"마녀…… 씨……?"

페리스는 검은 비의 마녀에게 다가가려 했다. 그러나 한 발자국 앞으로 내디디면 검은 비의 마녀가 멀어졌다. 걸으면 걸을수록 멀어져 아무리 달려도 다가갈 수 없었다.
페리스는 필사적으로 소리쳐 마녀를 불렀다.
눈물이 땅으로 떨어지는 소리가 더 강하고 시끄러워졌다. 어둠의 밀도가 더욱 높아져 페리스의 발이 지면에 첨벙첨벙 잠겼다. 이윽고 검은 비의 마녀는 심연에 빨려 들어가듯 사라졌다.

결국 조사 첫날은 낮잠으로 끝나고, 유익한 정보를 손에 넣은 것은 며칠 후의 일이었다.
그 책은 도서관 한쪽에 있는 비밀의 서고에서 발견됐다.
제목은 『칠흑의 비극』. 발견했을 때는 튼튼한 사슬로 책장에 묶여 있었고 몇 겹의 방어 술식이 걸렸던 고문서였다.
마술 효과로 놀라울 정도로 깨끗한 외관을 자랑하는 종이에는 검은 비의 마녀가 돌연 역사의 무대에 나타나 재앙을 일으키고 토벌되기까지의 경위가 왕국군 기사의 시점에서 자세히 적혀 있었다.
정확한 역사서와는 거리가 멀고 유난히 기사의 활약이 강조되어 있어서 굳이 말하자면 영웅담이라고 할 수 있지만, 그 내용에는 다른 자료에서 볼 수 없었던 정보도 포함되어 있었다.
"이 검은 비의 마녀가 붙잡힐 때까지 계속 갖고 있었다는 마도구가 궁금하네……."
앨리시아가 책을 바라보며 속삭였다.
"어째서요?"

고개를 갸웃한 페리스.

앨리시아의 무릎에 앉아 최고로 쾌적한 편안함을 맛보고 있었다. 너무나도 편안해 당장에라도 잠들 것 같았지만 첫날의 과실을 되풀이해서는 곤란하니 열심히 참았다.

그리고 테테루는 책상 위에서 몸을 웅크려서는 첫날의 과실을 완벽하게 되풀이하고 있었다. 조금 예의가 없지만 너무나도 자연스럽다고나 할지, 지붕 위에서 낮잠을 자는 고양이 같아 사서 선생님에게도 들키지 않았다.

"크으으……."

앨리시아 옆에서 이를 가는 건 자넷. 가능하면 자신의 무릎에 페리스를 올리고 싶었지만 그런 말을 꺼낼 용기가 없어 원망스러운 시선으로 앨리시아를 노려보았다.

물론 앨리시아는 그 시선을 알고 있었지만.

'분해하는 자넷도 귀엽네.'

그렇게 생각하며 모르는 척했다.

자신에게 쏟아지는 원망을 아랑곳하지 않고 페리스에게 설명했다.

"이 마도구 아르타마키아가 원인이 되어 검은 비의 마녀가 폭주해 노속 전쟁이 일어났다고 적혀 있잖아. 마녀는 아르타마키아에 집착했다고 하고. 그러니 지금도 마녀는 그 마도구를 원하는 게 아닐까? 아마도 더욱 심각한 재앙을 일으키기 위해서."

페리스가 손뼉을 쳤다.

"아, 분명 그러네요! 앨리시아 씨, 머리 좋아요!"

"페리스 정도는 아니지. 시험에서 만점 받은 똑똑이."

"그, 그건 우연이에요……."

"우연으로 만점을 받을 수 있으면 고생을 안 하지."

앨리시아는 쓴웃음을 지었다. 자신이 얼마나 노력해서 최고 수준의 성적을 유지하는지, 천재인 페리스는 모를 것이다. 상대가 페리스가 아니었다면 조금은 분했을 것이다.

자넷이 책에 시선을 보냈다.

"마도구 아르타마키아는…… 왕도의 보물고에 봉인된 모양이군요."

앨리시아가 끄덕였다.

"그래. 보물고라고 해도 여기저기에 있고, 이미 예전에 옮겼을지도 모르지만…… 조사해볼 가치는 있지 않을까?"

"어? 왕도? 왕도로 놀러 갈 거야?"

테테루가 번뜩 눈을 뜨며 앨리시아와 페리스 옆으로 굴러 내려왔다. 역시나 산속 마을에 사는 사냥꾼 부족. 잠든 사이에도 주변 경계를 게을리하지 않는다. 즐거운 이벤트의 기척이 나면 언제든 깨어날 준비가 되어 있다.

"놀러 가는 게 아니야. 조사하러 가는 거지."

"하지만 놀 시간은 있겠지?"

"응…… 뭐."

앨리시아는 떨떠름하게 끄덕였다.

"페리스는 왕도에 간 적 있어?"

"아, 아니요……."

"나도! 좋겠다~ 엄청 세련됐겠지~! 맛있는 게 잔뜩 있겠지~! 재밌겠다~!"

테테루는 온몸으로 기쁨을 표현하며 신기한 춤을 추기 시작했다. 그 춤에 억지로 어울리게 된 페리스. 안겨서 빙글빙글 돌아 눈까지 뱅글뱅글했다.

"마침 곧 휴일이니까 가보는 것도 좋겠군요. 머물 곳은 제 저택을 사용하면 된답니다. 어때요, 페리스! 부디부디 그렇게 하시어요! 방에는 멋진 침대가 있답니다! 푹신푹신하고 캐노피까지 달려서 공주님이 잠들 것 같은 침대이어요! 페리스에게 딱 어울려요!"

자넷은 전력을 다해 추천했다.

마법 학교에 편입하기 전, 페리스가 앨리시아의 저택에 머물렀다는 이야기를 들은 뒤로 부러워서 참을 수 없었다. 라인츠리히의 집에서도 페리스를 돌보고 싶다, 재워주고 싶다, 오히려 그대로 정착했으면 좋겠다는 마음으로 여념이 없었다.

그러나 페리스는.

"하, 하지만 왕도라면, 임금님이 계시는 곳이죠……?"

어째서인지 겁을 먹었다. 동그란 눈동자가 파르르 떨리며 어딘가 숨을 수 있는 곳을 찾는 것처럼 벌벌 떨었다. 마치 어미를 잃은 새끼 사슴 같았다.

"……? 그야 왕도이니 물론 계시죠."

"여왕님도, 공주님도, 다른 왕족들도 있지."

의아해하는 자넷과 앨리시아.

"노, 높으신 분들만 있어요……. 만약 실례되는 일을 해서 화나게 한다면……."

"감옥에 갇히겠네! 처형당할지도!"

테테루가 낭랑하게 말했다.

"무, 무무무무서워요!"

페리스는 몸을 움츠렸다.

"왕도는 넓으니까 그렇게 쉽게 왕족과 만나지는 않을 거야."

"그, 그런가요……? 처, 처형당하고 싶지 않아요……."

"괜찮아, 왕족보다 페리스가 더 강해!"

"그렇지 않아요!"

오들오들 떠는 페리스.

자넷과 앨리시아는 곤란한 듯이 서로를 마주 보았다.

"무리하지 않아도 돼. 보물고 앞에 잠복하고 있으면 마녀를 붙잡을 수 있을지도 모르겠다고 생각했을 뿐이니까."

"네, 원래 이건 마술사단의 일이니까요. 페리스 책임이 아니어요."

친구들의 자상한 말. 마법 학교에 머물러 있으면 안전은 보장된다. 페리스는 자신도 모르게 기댈 것만 같았지만 이내 고개를 저으며 견뎠다.

"아, 안 돼요……. 무섭지만 가야 해요. 또 일라이자 선생님처럼 되는 사람이 생기면 큰일이에요. 검은 비의 마녀 씨를 막아야 해요……."

자신의 행복만으로는 부족하다, 힘들어하는 사람이 있다면 내버려 둘 수는 없다, 그렇게 생각한다. 넓은 세계를 모르고 자기 일만으로도 벅찼던 광산 노예 시절과 지금의 페리스는 다르다. 조금씩이지만 앞으로 나아가고 있다.

페리스는 주먹을 쥐고서 용기를 냈다.

"힘낼게요! 왕족 사람들에게 혼나지 않게 구석에서 얌전히 있을게요!"

"나도 힘낼게! 얌전히 있는 게 특기니까!"

테테루는 책장 사이를 옆 돌기로 뛰어넘으며 말했다. 설득력이 전혀 없었다. 마법 학교에서 가장 얌전히 있지 못하는 학생을 꼽으라면 그녀이다.

"왕족보다 검은 비의 마녀가 더 위험한데……."

"역시 페리스로군요……."

의문의 선언에 앨리시아와 자넷도 당황할 뿐이었다.

페리스 일행이 외출 허가를 받으러 교무실을 찾으니 담임인 롯테 선생님은 책상에서 오후의 티타임을 즐기고 있었다.

"외출? 물론 상관없는데…… 어딜 갈 건데?"

트레이유 마을에서 사둔 마들렌을 씹으며 향긋한 홍차를 마셨다. 일라이자 선생님에게서 자주 쓴소리를 듣지만(학교는 카페가 아닙니다!) 롯테 선생님은 일이란 즐기면서 해야 한다고 생각했다.

"왕도에요! 잔뜩 관광할 거예요!"

테테루가 브이 사인을 내밀고 자넷은 상기된 목소리로 말했다.
"모처럼 휴일이니 페리스와 하바라스카 양을 제 저택으로 초대할 거랍니다. 겸사겸사 앨리시아도 따라오는 모양이고요."
"겸사겸사라니……."
앨리시아는 미간을 찌푸렸다. 검은 비의 마녀를 붙잡기 위해서라고 말하면 외출을 허가를 받지 못할 테니 소녀들은 긴장하고 있었다.
"흐음…… 초대라……."
롯테 선생님은 홍차 컵을 책상에 놓고서 페리스를 빤히 바라보았다. 사랑이 담겼지만 거짓말을 용서하지 않는 눈, 많은 학생을 지켜본 눈동자가 페리스를 응시했다.
"죄, 죄송해요!"
페리스는 자신도 모르게 사과했다.
"어째서 사과하는 거야?"
"그, 그게, 그러니까…… 죄송해요!"
너무나도 솔직해 거짓말을 못 하는 페리스.
롯테 선생님은 쓴웃음을 지었다.
"뭐…… 어쩐지 알겠어."
"네……?"
앨리시아의 표정이 어두워졌다.
"원래는 말려야겠지만 페리스가 함께 있으면 괜찮을 테고…… 학생의 가능성을 없애는 건 교사가 할 일이 아니고…… 선생님은 몰랐던 거로 해둘게."

"……고맙습니다."

고개를 숙인 앨리시아.

소녀들의 행동을 묵인해주는 것이 과연 올바른 일인지, 롯테 선생님도 확신은 할 수 없었다. 교사로서의 감독 책임을 포기하는 것인지도 모른다.

그러나 융통성 없는 어른이 어린이의 족쇄가 되는 것도 문제라고 생각한다. 지금까지의 사건을 보면 페리스의 실력은 엄청나다. 강력한 적에게서 동료도 구해주었다. 페리스를 믿어보는 것도 분명 담임의 일일 것이다.

"하지만 이것만큼은 약속해줘. 페리스는 대규모 마술을 왕족이나 군대의 높은 사람들 앞에서 쓰지 않도록 주의할 것. 귀족에게도…… 아니, 왕도 주민에게도 들키지 않도록 해. 그러지 않으면 페리스를 이용하려는 사람이 생길 테니까."

페리스는 깜짝 놀랐다.

"이용……당하나요? 저는 다른 사람의 도움이 되는 게 좋아요! 잔뜩 이용당하고 싶어요! 뭐든지 할게요!"

순진무구하다. 세상을 좀먹는 악의나 독기라는 것을 너무나도 모른다. 뭐든지 한다는 말이 품는 위험성조차 깨닫지 못한다.

"저기…… 그런 의미가 아니라, 왜, 어쩌면 전쟁에 이용당할지도 모르잖아?"

"저는 전쟁은 안 할 거예요……."

"하고 싶지 않아도 억지로 시킨다고나 할까……. 음~ 뭐라고 설명하면 좋을까……?"

롯테 선생님은 갑자기 침울해하는 앨리시아 일행을 보았다. 페리스의 힘은 믿고 있지만 세상 물정 모르는 점이 너무나도 위험해 보였다.

"괜찮답니다, 제가 책임지고 지켜볼 테니까요!"

가슴을 펴는 자넷.

"응, 응! 나쁜 사람이 페리스에게 다가오면 내가 날려버릴 거야!"

파이팅 포즈를 취하는 테테루.

"일단 힘 조절은 해. 테테루가 날려버리면 치명상이니까."

걱정하는 앨리시아.

독특한 개성이 있는 소녀들이지만 서로를 보완해준다. 마도의 페리스, 무도의 테테루, 상식의 앨리시아, 보호의 자넷. 페리스를 사랑하는 친구들이 곁에 있다면 큰일은 벌어지지 않을 것이다.

롯테 선생님은 그렇게 생각하며 네 사람을 둘러보았다.

"왕도에 도착하면 조사 부대의 미란다한테 연락해. 그 아이라면 사정을 봐줄 테고, 군의 정보도 잘 알 테니까."

"네! 다녀올게요! 선물도 사 올게요!"

페리스는 꾸벅 인사를 하고서 활기차게 교무실을 나갔다.

외출 허가도 제대로 받았으니 이것으로 한 발자국 전진이다. 긴장이 풀려 활기찬 발걸음으로 복도로 나가려는 참에.

"……왕도로 갈 겁니까. 어린이는 얌전히 어른의 보호를 받으며 쉬면 좋을 것을."

귀신 같은 눈을 한 일라이자 선생님이 진로를 막았다.
"꺄악?!"
비명을 지르는 페리스.
일라이자 선생님하고는 제법 친해졌다고 생각하지만, 아직 그 무서운 얼굴이 갑자기 나타나면 깜짝 놀라고 만다. 이제는 조건 반사다. 마법 학교에 막 편입됐을 때에 심어진 공포심이 남아 있다. 그리고 전투 훈련 중인 것도 아닌데 교편으로 손을 치는 일라이자 선생님은 평범하게 무섭다.
분명 외출을 금지할 거라고 생각한 소녀들은 얼굴이 창백해졌다.
"어, 어쩌죠?! 강적 출현이어요!"
"내가 일라이자 선생님을 날려버릴게!"
"그래선 퇴학이라고요!"
속삭이는 소녀들을 일라이자 선생님이 번뜩 노려보았다.
"날려버릴 수만 있다면 어디 해보라고 생각합니다만…… 뭔가 착각하는 모양이군요."
"어, 착각?! 혹시 일라이자 선생님이 아니라 교장 선생님인가?!"
"저를 그런 영감님이랑 같은 취급하지 마시죠! 그렇게까지 주름은 없습니다!"
단호하게 부정.
같은 시각, 교장실에 있던 미르딘 월트 교장은 갑자기 울적해졌다. 그렇다, 예를 들어 조금 떨어진 곳에서 누군가가 의미도 없이 자신을 깎아내린 듯한 심정이었다. 창문에 비친 자신의 얼굴을 바라보며 힘없이 미소 지을 뿐이었다.

그건 그렇고 일라이자 선생님은 헛기침하고서 허리춤에 손을 얹었다.

"페리스가 하려는 것을 막을 생각은 없다는 뜻입니다. 어차피 제대로 된 일도 아니겠지만…… 당신은 죽여도 죽을 것 같지 않으니까요."

"괘, 괜찮은가요?"

그만 되묻고만 페리스.

"몇 번이고 말하게 하지 마세요. 저는 바쁜 몸입니다."

일라이자 선생님은 짜증을 내며 답하고서 손가락으로 안경을 추어올렸다.

"절대로 어리석은 짓은 하지 마세요. 어쩔 수 없이 페리스의 마도를 많은 사람 앞에서 사용해야 할 때는…… 몸을 숨기는 마도구를 앨리시아에게 맡길 테니 그것으로 위장하세요. 한 번 쓰면 더는 쓰지 못하지만 잠시 버틸 수는 있을 겁니다."

가시 돋친 말이었지만 적의는 없었다. 인정해준 것이다. 처음엔 페리스를 열심히 마법 학교에서 내쫓으려 한 그 일라이자 선생님이.

"선생님……."

페리스는 눈을 크게 깜박였다. 얼굴에 환한 빛이 퍼지듯 반짝이는 미소를 떠올렸다.

"고맙습니다~!"

힘껏 일라이자 선생님의 허리를 안았다.

"아아, 성가시군요! 떨어지세요!"

"싫어요! 절대로 떨어지지 않을 거예요! 일라이자 선생님이 자상해서 기뻐요~!"

"저는 자상하지 않습니다!"

"앗, 페리스만 너무해! 나도 일라이자 선생님하고 껴안을래~!"

"복도에서는 조용히 하세요!"

페리스와 테테루가 엉기자 성가시다는 듯이 소리치는 일라이자 선생님. 그런 동료의 찡그린 얼굴을 교무실에서 롯테 선생님이 생글생글 바라보았다.

"흐아아아아아아…… 어어어어어엄청 커요!"

왕도에 도착한 페리스는 마차 창문으로 몸을 내밀고서 눈을 휘둥그레 떴다.

위엄있는 석조 건물은 올려다보기만 해도 목이 아플 지경. 마치 가도처럼 폭넓은 시내의 대로. 바삐 오가는 수많은 사람, 다급히 달리는 발굽 소리. 기사단이 반짝이는 갑옷을 입고 문을 지켰고 대장간에서는 맑은소리가 울려 퍼졌다.

마법 학교가 있는 트레이유도 번영한 곳이지만, 왕도 프로스페로는 그 수준이 달랐다. 페리스는 왕가의 앞마당인 오래된 수도의 영광과 위용에 압도되고 말았다.

아직 속도가 있는 마차에서 테테루가 주저하지 않고 뛰어내렸다.

"저기, 저기, 여기서부터는 직접 달려가자! 모처럼 왕도에 왔으니까!"

"달린다고요?! 걷는 게 아니라?!"

"나도 오랜만에 왕도에 왔으니 조금 둘러보고 싶네."

"그럼 짐은 저택으로 먼저 보내고 우리는 산책하며 가죠."

자넷과 앨리시아는 최저한의 짐만 들고서 마차에서 내렸다.

"여전히 활기찬 곳이네. 여기에 오면 시원한 맥주를 마시고 싶어져."

호위하던 다니엘라도 소녀들과 동행했다. 역시나 로버트의 오른팔이라 불리는 전사가 라인츠리히의 저택에 들어갈 수는 없으니 밤에는 근처 여관에 머물 예정이다. 예전에는 기사단 소속이었던 만큼 왕도는 자신의 앞마당처럼 익숙했다.

"자, 페리스. 같이 가죠."

자넷이 돌아보았다.

달리는 마차 좌석에 페리스가 멍하니 앉은 모습이 보였다. 말 울음소리가 울리고 순식간에 마차가 앨리시아 일행에게서 멀어졌다.

"잠, 잠깐만요, 페리스?! 멈춰요, 멈추라고요~!"

자넷이 다급히 마차를 막았다.

출발하라고 해서 출발했을 뿐이라고 해명하는 마부를 무시한 자넷은 스커트 자락을 움켜쥐고서 마차에 다가갔다.

페리스는 마차 문에 숨듯이 바깥을 힐끔힐끔 훔쳐보고 있었다. 흥미롭게 왕도 경치를 바라보던 아까와는 전혀 다른 모습이었다.

"왜, 왜 그러세요……?"
"그건 제가 할 말이어요! 어째서 함께 내리지 않는 건가요?"
"하, 하지만…… 왕족 사람에게 처형당할지도 모르고……."
"어머, 아직도 그걸 걱정하고 있었구나."
앨리시아가 미소 지었다.
"저, 저는 매너 같은 걸 잘 몰라서 왕족에게 무례한 행동을 하는 것보다 자넷 씨네 집에 있는 편이 좋지 않을까 싶어서……."
"매너 같은 건 신경 쓰지 않아도 괜찮아! 나도 바스테나 왕국의 매너를 잘 몰라서 입학했을 땐 잔뜩 혼났지만 지금은 아무도 화내지 않으니까!"
"그건 포기한 것뿐이라고요!"
자넷은 당시 학교 지붕 위를 달리는 테테루를 선생님들이 필사적으로 쫓아가던 것을 기억한다. 그렇게 예의를 모르는 서민과 같은 곳에서 배워야 한다는 사실에 화가 났었지만, 지금은 함께 행동하고 있으니 신기한 일이다.
"어떻게 하면 포기해줄까요……?"
페리스는 떨며 물었다.
"음, 우선 주장을 굽히지 않을 것! 그리고 웃는 얼굴로 있을 것! 그리고 그곳 습관 등을 이해하려고 하지 않는 것 정도려나?!"
"흠, 흠……."
"지금 무슨 강의를 하는 건가요?! 페리스를 이상한 길로 빠뜨리지 마시어요!"
의심을 모르는 아이를 물들이려는 음모를 자넷이 다급히 제지했다. 아니, 실제로는 음모가 아닐지도 모르지만 페리스가 문명 사회에 순응할 수 없게 된다면 큰일이다. 그렇지 않아도 입학 초기에는 문자 개념도 모르는 무구한 영혼이었다.

"여차하면 제 뒤에 숨으면 된답니다. 페리스는 작으니까 보이지 않을 거예요."

"그, 그럴까요……."

"그래. 자, 이리 와. 무섭지 않으니까."

자넷과 앨리시아가 자상하게 달래며 부르자 페리스는 조심스럽게 마차에서 내렸다. 마치 경계심 많은 아기 고양이 같았다.

"계, 계속 뒤에 있을게요……."

페리스는 자넷의 옷자락을 붙들고 등 뒤에 숨었다. 마치 왕족이 마물인 것처럼 말하니 조금 불쌍하기도 했지만, 자넷은 왕족을 동정할 때가 아니었다. 페리스의 가녀린 손의 감촉과 등 뒤로 느껴지는 겁먹은 기척에 완벽하게 흥분했다.

"맡겨주시어요! 라인츠리히 가문의 방어력은 왕국 제일이랍니다!"

"그럼 나는 페리스 뒤에 숨을게."

"나는 앨리시아 뒤에 숨을래~!"

"그게 무슨 의미가 있나요?!"

"하하하, 축제 퍼레이드 같네."

다니엘라가 웃었다.

소녀 넷이 나란히 줄지어 기차놀이, 살짝 떨어진 곳에 검사 다니엘라. 소녀들은 신기하게 바라보는 주민들 사이를 지나 왕도의 대로를 걸었다. 자넷은 부모님이 이 모습을 보신다면 어떡하나 싶어 수치심에 얼굴이 뜨거워졌다.

페리스는 처음에는 긴장했었지만 앞뒤를 든든한 친구가 지켜준 덕분에 점차 주변 분위기를 즐길 수 있는 여유가 생겼다.

무엇보다 태어나서 처음 보는 대도시. 게다가 프로스페로는 스카라 대륙의 하얀 보석이라고도 불리는 아름다운 왕도다. 오랜 세월 동안 축적된 부와 안정된 왕정으로 정비된 도시 정경의 아름다움은 발군이었다. 건축물이나 간판 디자인에는 다양한 문화가 융합됐고 머리카락과 눈동자의 색이 다른 민족이 잔뜩 있었다.

길옆에는 화려한 곡예사들이 관객을 불렀다.

"자, 자, 관람료는 보고 내셔도 됩니다! 재미없으면 땡전 한 푼 필요 없어요! 아이들에게는 사탕도 드립니다!"

"이 몸은 그 유명한 대공님께 인가를 받은 데다 우는 아이도 그치게 하는 발치사이올시다! 이 비술과 완력을 사용해 그대들의 이를 잔뜩 뽑아드리겠수다! 자, 들렀다 가시오, 구경하고 가시오!"

"사토아 대륙에서 데려온 마물 레티가 어려운 퍼즐을 풉니다! 인간은 먹지 않으니 다들 와주세요~!"

"천하무쌍의 검사, 여기 등장! 팔씨름에서 이긴다면 전설의 무기를 주겠소! 도전할 사람은 없소이까? 실력에 자신 있는 용사는!"

수상쩍으면서도 떠들썩한 홍보. 화려함을 다투는 남쪽 나라 새처럼 극채색 의상으로 사람들의 시선을 모았다. 줄줄이 걷는 페리스 일행의 발걸음도 자연스럽게 그쪽으로 끌렸다.

"우왓?! 저 사람 입에서 불이 나와요! 마물인가요?!"

페리스가 껑충 뛰었다. 그 열렬한 시선 끝에는 허리에 호리병을 차고 불을 뿜는 곡예사가 횃불을 휘두르며 불을 뿜었다. 불꽃이 머리 위를 지나갈 때마다 관객들에게서 함성과 비명이 울렸다.

앨리시아가 페리스에게 알려주었다.

"마물이 아니라 평범한 인간이야. 입에 머금은 기름을 횃불의 불에 뿜는 거야."

"굉장해요! 저도 할 수 있을까요?!"

"아마 할 수 있을 거야! 우리 마을에도 하는 사람이 있었으니까! 돌아가면 같이 해보자!"

"네!"

의기투합한 테테루와 페리스.

"안 돼요! 저런 건 오랫동안 훈련한 거라고요!"

"어, 하지만…… 앨리시아 씨가 평범한 사람도 할 수 있다고……."

"적어도 페리스가 했다간 화상을 입을 거라고요!"

"화상 입어도 곧바로 식혀주면 괜찮다니까~."

"그렇게 해서 괜찮은 건 하바라스카 양뿐이라고요! 위험해요!"

"으으…… 입에서 화르르르 해보고 싶어요……."

"불 뿜는 곡예가 어지간히 마음에 든 모양이네."

다니엘라가 재밌다는 듯이 어깨를 으쓱였다.

그러나 재밌어할 때가 아니다. 미련이 남은 듯이 곡예사를 응시하는 페리스를 자넷과 앨리시아가 재빨리 그 자리에서 떼어냈다. 꿈도 미래도 희망도 있는 어린 대마도사가 이상한 영향을 받아 푹 빠져버리는 일만큼은 피해야 한다.

길거리 곡예를 보는 관객으로 떠들썩한 도로를 커다란 가죽 자루를 짊어진 판매상이 호객하며 걸어 다녔다.

"물, 물 팝니다! 맛있고 맛있는 특제 물이에요!"

"물을 파나요?"

페리스는 쫄랑쫄랑 물을 파는 사람에게 다가갔다.

"아, 정말이지 경계심이 너무 없다고요!"

자넷은 한탄하며 페리스를 따라갔다. 그러나 손이 많이 가는 아이일수록 귀여운 법. 이렇게 페리스를 지켜보는 것은 자신이 보호자가 된 것만 같아 싫지 않았다.

"어머, 이거 귀여운 손님이구나."

물을 파는 사람은 페리스를 보고서 생긋 웃었다. 그을린 이마에 주름진 뺨, 가지런하지 못한 데다 거의 빠져버린 치아…… 확연하게 마법 학교 학생과는 인연이 없을 것 같은 노인이었다.

"물을 사야 하는 줄은 몰랐어요. 웅덩이에서 직접 마시거나 우물에서 푸는 거라고 생각했어요!"

"웅덩이……?"

의아한 표정을 한 물장수.

"페리스, 병에 걸리니까 웅덩이 물을 마시면 안 돼."

"하지만 근처에 우물이 없을 때 목이 마르면……."

"그런 때는 참아야지."

"3일 정도 물을 마시지 않아도요? 어질어질해서 죽을 것 같을 때도요?"

"그건…… 어떡하면 좋을까."

물이 부족해 본 적이 없는 귀족 아가씨는 어려운 질문을 받고 고민에 빠졌다. 아무리 앨리시아라도 극한 상태가 되면 웅덩이 물을 마실 수밖에 없을지도 모르지만, 페리스는 확실히 알려주지 않으면 몸이 걱정된다.

멍하니 있던 물장수가 정신을 차리고 페리스에게 말했다.

"그런 때를 위해 내가 있는 거지! 이 물을 마시면 기운 백 배! 목마름도 단번에 사라지지! 고작 은화 두 닢!"

"은화 두 닢으로 물이라니…… 싼 건가요?"

자넷은 고개를 갸웃했다. 몸에 걸친 옷과 비교하면 별것 아닌 가격이지만 마실 것치고는 상당히 비싸다.

물장수는 기세 좋게 가슴을 쳤다.

"싸고말고! 이 물에는 『물 마술의 근원』이 들어 있거든! 이걸 마시기만 해도 몸이 가벼워져 어떤 병이라고 단번에 나아버리고 헤엄도 잘할 수 있게 되지. 게다가 장사가 잘되고 금전운까지 좋아져! 이렇게 좋은 걸 독차지할 수 없어서 이렇게 팔고 다니는 거란다!"

"굉장해요! 약 같아요! 나눠준다니 자상해요!"

페리스는 껑충 뛰면서 물장수에게 존경의 눈빛을 보냈다. 그러나 앨리시아는 미간을 찌푸리며 물장수에게 한 발자국 다가갔다.

"『물 마술의 근원』이요……. 책에서 읽은 적이 있어요. 20년 정도 전에 누구나 마술을 쓸 수 있게 된다는 물이 나돌아서 많은 사람의 돈을 갈취했다고."
"무, 무슨 말이야…… 나는 모르는 일이야."
물장수는 시치미를 떼고서 휘파람을 불려 했다. 그러나 실제로 휘파람이 나오지는 않았다.
앨리시아는 품위 있게 턱을 만지작거리며 구둣발 소리를 내며 물장수 주변을 돌았다.
"아마 그때 광고했던 문구는 『바람 마술의 근원이 든 소다』. 하지만 아무런 맛이 나지 않았고 탄산도 없는 평범한 물이었어요……. 혹시 할아버지는 슬슬 소문이 잠잠해졌다고 생각해 같은 수법으로 사기를 치려는 건가요?"
"크…… 크으……."
식은땀을 흘리기 시작한 물장수.
"앨리시아…… 어쩐지 평소와 다른데……?"
눈을 끔벅이는 테테루.
"앨리시아의 나쁜 버릇이라고요."
입학할 때부터 그녀를 잘 아는 자넷은 어깨를 으쓱였다.
너무나도 솔직한 페리스만큼은 무슨 상황인지 알 수 없어서 멍하니 있을 뿐이었다.
"저…… 사기가 무슨 말인가요? 물을 파는 게 아닌가요……? 맛있고 몸에 좋은 물 좋아요! 마셔보고 싶어요!"
순수하고 올곧은 눈동자로 천진난만하게 바라보자 물장수는 울음을 터뜨렸다.
"미안, 미안하구나! 술값이! 술값이 필요했을 뿐이야! 그리고

도박할 돈이 필요했어! 그렇게…… 깨끗한 눈으로 나를 보지 말아다오! 나는…… 나는…… 글러 먹은 녀석이야아아아아!"

가죽 자루를 단단히 안고서 돌아보지도 않고 도망쳤다. 죄악감에 떠밀린 것을 보면 바탕은 나쁜 사람이 아닐 거라고 앨리시아는 생각했다.

"후후…… 어른은 괴롭지……. 시간의 흐름은 잔혹하니까."

잘 안다는 듯이 고개를 끄덕인 다니엘라.

"물…………."

페리스는 떠나가는 물장수에게 손을 내민 채 쓸쓸하게 중얼거렸다.

자신이 무엇을 잘못했는지, 친절한 할아버지가 어째서 울고 말았는지를 알 수 없었다. 미안한 마음만 가득했다. 가능하면 사과하고 싶었지만 노인의 엄청난 도주 속도를 따라잡을 수 있을 것 같지도 않았다.

'아. 하지만…… 잘 생각해보니 돈이 없어요…….'

페리스는 떠올렸다.

미란다 대장을 구했을 때 받았던 보수는 다른 사람들에게 줄 선물을 사느라 써버렸으니 지금 페리스는 한 푼도 없었다. 어떻게 보면 물을 사지 못한 것 자체가 다행이었는지도 모른다. 자칫 사지도 않을 거면서 말만 건다고 혼날 수도 있었다.

소녀들은 마음을 다잡고 다시 왕도 산책을 시작했다.

보석 상점과 모자 상점 등이 정연하게 늘어선 길을 걷고 있자니 화려한 장식을 한 노점으로 사람들이 몰린 것이 보였다. 무지갯

빛 지붕에 금속 구체가 대량으로 걸려 있어 바람에 나부끼며 빛을 반사했다. 내부는 종과 같은 구조인지 구체가 움직일 때마다 예쁜 소리가 울렸다.

노점의 진열대에는 깔때기를 거꾸로 한 듯한 기구가 놓였고, 바람 마술과 불 마술의 마법진이 그려져 있었다. 깔때기 주변에는 초소형 소용돌이가 돌고 있었다. 예쁜 직원 아가씨가 그곳에 막대기를 가져가니 막대기 주변으로 하늘하늘하고 하얀 것이 점점 휘감겼다.

손님들은 돈을 내고 막대기를 받아서는 떠들썩하게 웃으며 떠났다.

"구, 구름이에요! 앨리시아 씨! 저 가게에서 구름을 팔아요!"

페리스는 깜짝 놀라며 앨리시아의 소매를 당겼다.

"손님들이 구름을 먹고 있어! 구름도 먹을 수 있구나!"

테테루의 눈도 휘둥그레졌다.

소녀들의 신선한 반응에 자넷이 미소 지었다.

"저건 구름이 아니에요. 『프로스트 캔디』라고 하는데 최근 왕도에서 유행하는 사탕이랍니다."

"사탕은 딱딱한 과자 아니었나?"

"그렇지만 저건 아니에요."

앨리시아는 기구와 점원의 작업을 바라보며 중얼거렸다.

"그렇구나…… 불 마술로 사탕을 녹이고 바람 마술로 가늘게 늘려서 면의 섬유처럼 만드는 거였어. ……흥미롭네."

"아, 네, 그런 장치랍니다."

그렇게 말하면서도 방금까지 프로스트 캔디를 만드는 방법을 몰랐던 자넷. 여전히 앨리시아의 관찰력이 분했다.

"푹신푹신한 캔디……. 왕도에는 신기한 게 있네요……."

페리스는 손가락을 물고서 노점을 올려다보았다.

"먹어보고 싶니?"

앨리시아가 허리를 굽혀 페리스의 얼굴을 들여다보았다.

"어, 아니요, 먹어보고 싶은 게 아니라 신기해서요!"

페리스는 다급히 손을 저었다. 돈이 없어 살 수 없으니 갖고 싶어 하면 다른 사람에게 폐를 끼친다. 고집을 부려 왕도까지 데려와 주고 머물 곳까지 제공해줬으니 이 이상 신세를 질 수 없었다.

그 배려를 깨달은 자넷은.

"프로스트 캔디, 열 겹으로 부탁합니다!"

점원에게 귀여운 빨간 지갑을 통째로 넘겼다. 페리스가 원한다면 악마에게 영혼을 팔아서라도 온 세상의 사탕을 사들일 각오였다.

점원 아가씨는 특대 막대기를 사용해 산더미 같은 프로스트 캔디를 만들었다. 단순히 열 개를 만드는 게 아니라 손발이나 꼬리, 귀를 만들어 동물 형태로 했다.

"자! 어린아이에겐 특별 서비스! 곰돌이 버전이야!"

"고, 고맙습니다…… 꺅."

점원에게서 사탕을 받은 페리스는 예상 이상의 무게에 휘청이고 말았다.

"위험해~."

테테루가 재빨리 막대기를 붙잡아주었다.

"죄, 죄송해요. 잘 먹겠습니……."

페리스는 조심스럽게, 용암이라도 먹는 것처럼 프로스트 캔디에 얼굴을 가져갔다. 꼭 눈을 감고서 마음을 굳히고 사탕을 입에 물었다.

"흐아아아아아……?! 달콤해요! 뭉실뭉실해요~!"

지금까지 경험해본 어떤 음식과도 달랐다. 꿈만 같은 식감의 과자가 입안에서 부드럽게 녹았다. 페리스는 열심히 사탕을 먹어 다람쥐처럼 뺨이 빵빵해졌다. 그 훈훈한 모습에 점원 아가씨까지 얼굴이 환해졌다.

"마음에 들었니?"

"네! 네~! 정말로 구름을 먹는 것 같아요! 몽글몽글한 양 같아요!"

열심히 설명하는 페리스. 테테루는 곰돌이 사탕의 꼬리를 깨물어보았다.

"어디…… 정말이네! 맛있다~!"

"맛있어요~!"

페리스와 테테루는 얼굴을 마주 보며 웃었다. 둘이서 커다란 곰돌이에게 달려들어 할짝할짝 열심히 핥았다. 너무 열중한 나머지 얼굴에 과자가 묻어도 신경 쓸 여유가 없었다.

"페리스도 참. 뺨에 사탕이 묻었어."

앨리시아가 손가락으로 페리스의 뺨에서 하얀 수염을 떼어냈다.

"역시 당신은 용서할 수 없어요……."

선망과 원한이 담긴 시선을 보내는 자넷의 입으로.

"자, 여기."

"읍?!"

앨리시아는 떼어낸 사탕을 넣어주었다.

"다, 달콤하네요……."

생각지도 못한 행운에 자넷은 승천할 것만 같은 기분이었다.

페리스의 뺨에 붙었던 사탕. 그것은 금화 몇백 닢과도 바꿀 수 없는 최고급 과자. 라이벌을 향한 분노가 순식간에 프로스트 캔디처럼 녹아버렸다.

"다니엘라 씨도 드셔보실래요?"

"그, 그래. 어디 한 번 먹어볼까."

페리스가 말하자 다니엘라는 조심스럽게 프로스트 캔디를 떼어냈다.

아까부터 궁금했지만 자기처럼 무뚝뚝한 전사가 선뜻 나서기는 조금 부끄러웠고, 여자로서는 체크해 두지 않으면 아까운 것 같기도 한 복잡한 감정이었다.

모두가 주목해서 묘하게 긴장됐지만, 다니엘라는 사탕을 입에 넣었다.

"응…… 괜찮네. 이거 중독되겠어."

"그렇죠?! 매일 먹고 싶어요! 왕도는 재밌는 게 잔뜩 있고 맛있는 것도 많아서 엄청나요~!"

손바닥을 쥐고서 뛰어다니며 온몸으로 기쁨을 표현하는 페리스. 이 기회를 놓칠세라 자넷은 상기된 목소리로 제안했다.

"그, 그렇게 왕도가 마음에 들었다면 저희 집에서 살면 된답니다! 그렇게 하면 언제든지 프로스트 캔디를 마음껏 먹을 수 있어요!"

"마음껏…… 뭉실뭉실을……."

페리스는 자신도 모르게 진지하게 검토하고 말았다.

분수가 반짝이는 길에 울려 퍼지는 웃음소리. 소녀들과 다니엘라는 거대한 프로스트 캔디를 맛보며 영광의 도시를 계속 산책했다.

"……어라? 자넷 씨? 앨리시아 씨?"

열심히 노점을 구경하던 페리스가 문뜩 멈춰 걸음을 멈추더니 두 사람의 모습이 보이지 않는 것을 깨달았다. 두 사람만이 아니었다. 주변을 둘러봐도 친구가 아무도 없었다.

"테테루 씨! 다니엘라 씨!"

필사적으로 불러보지만 답변이 없었다.

왕도의 큰길, 사람들이 바삐 오가는 한복판에 페리스는 멍하니 섰다. 아직 자넷의 저택이 있는 위치도 듣지 않았다. 기숙사가 있는 트레이유는 걸어가기에는 너무나도 멀다.

그리고 모두와 합류하기 전에 왕족과 만나 처형이라도 당했다간.

"흐에…………."

페리스는 불안해서 울 것 같았지만 주먹을 쥐며 견뎠다. 이런 곳에서 울고 있을 때가 아니다. 빨리 해결책을 생각해 앨리시아 일행을 찾아야 한다.

그러나 불안한 마음은 어떻게 할 수 없었던 페리스는 구석에 숨었다. 레스토랑과 잡화점의 사이, 나무통과 나무통 사이의 비좁은 공간에 몸을 밀어 넣으니 조금이지만 진정됐다. 차단물이 지켜주는 것만 같았다. 다시 말해 작은 동물의 습성이다.

"여기라면 왕족 사람에게 들키지 않을 거예요……."

어둑한 뒷골목에서 페리스가 속삭였을 때.

"……당신, 거기서 뭐 하는 건가요?"

가련한 소녀가 구슬이 굴러가는 듯한 목소리로 물으며 나무통 사이에 숨은 페리스를 들여다보았다.

"햐윽?!"

"꺄악?!"

페리스가 깜짝 놀라 비명을 지르자 여자아이도 비명에 놀라 엉덩방아를 찧었다.

나이는 앨리시아보다 조금 어린 정도다. 매끄러운 머리카락이 아름답게 굽이지며 가느다란 목덜미를 우아하게 채색했다. 어딘가 기품이 있는 여자아이다.

새하얀 피부와 잘 다듬어진 분홍색 손톱을 보아 곱게 자란 사실을 알 수 있는데, 지금 입고 있는 것은 메이드 복장이다. 사파이어색으로 반짝이는 신발만큼은 보석과 같은 것도 잔뜩 달린 것이 또 뒤죽박죽인 인상을 주었다.

"죄, 죄송해요! 놀라게 해드려서!"

페리스는 여자아이에게 손을 내밀었다.
"아니요, 제가 잘못했어요. 갑자기 말을 걸었으니까요. 낮잠 중이셨나요?"
"나, 낮잠 자지 않았는데요……."
"그럼 본격적으로 잠들어 계셨군요."
"자지 않았는데요."
"우후후, 그거 다행이네요."
일어나서 생긋 웃는 여자아이. 조금 신기한 분위기를 지녔지만 페리스는 나쁜 사람은 아니라고 느꼈다.
"이름이 뭔가요?"
만난 지 얼마 안 되는데도 여자아이는 친근하게 페리스의 눈동자를 들여다보았다. 타인의 대답을 끄집어내는 것이 익숙한 인물의 말투였다. 선생님들과도 비슷하지만 어딘가 달랐다.
"저, 저기, 페리스예요! 마법 학교 미들 클래스 A 학생이에요!"
"어머나, 그렇게 작은데도 마술사 견습생이었군요. 게다가 미들 클래스라니…… 재능이 많은가 봐요."
"아, 아니요, 저는 전혀……."
페리스는 움츠러들었다. 상대 여자아이도 상당히 작다고 생각하지만 그 말을 꺼낼 용기가 없었다. 나이는 별로 다르지 않을 텐데 이 아이에게는 이상하게 거스르기 힘든 위엄이 있었다. 애초에 페리스는 남에게 잘 반론하지 못한다.
"마술을 조금 보여주실 수 있나요? 책으로 공부하고 있지만 실제로 가까이서 마술을 본 적이 없어서……. 위험하다고 말리거든요."

"그, 그럼 조금만……."

페리스는 허공에 손을 뻗었다.

선생님들은 왕도에서 대규모 마술을 써선 안 된다고 말했다. 집을 들어 올리거나 날씨를 조종하는 것도 안 된다. 어떤 마술을 보여주면 좋을지 고민하다 방금 먹었던 프로스트 캔디를 떠올렸다.

페리스는 긴장하며 연령을 읊었다.

"『대수여, 힘이 넘치는 생명의 구가여.』『질서 있게 나뉘어라.』『이어져라.』『생명의 상을 만들어라.』"

복수의 마법진이 전개되어 지면에 굴러다니던 나뭇가지가 둥실 떠올랐다. 바늘보다도 가늘고 날카로운 칼날 바람이 오갔다. 나뭇가지의 섬유가 가늘게 찢기고 꼬이며 실이 되더니, 뜨개질처럼 짜였다. 숙달된 장인도 깜짝 놀랄 속도와 섬세함.

1분도 지나지 않아 그것은 손바닥 크기의 인형이 됐다. 귀여운 토끼 인형이었다.

"어머나……."

여자아이는 눈을 크게 뜨며 감탄했다.

"여기, 받으세요!"

페리스는 여자아이에게 인형을 건넸다.

"이거, 주시는 건가요?"

"네!"

"……고마워요."

여자아이는 인형을 빤히 바라보았다.

"지금 사용한 거, 혹시 복합 마술인가요……? 기본 언령을 조합한 것처럼 들렸는데요."

"복합 마술이에요."

"그런……가요……."

"……?"

어리둥절한 페리스를 여자아이가 유심히 관찰했다.

페리스는 얼핏 평범한 여자아이처럼 보이지만 아니다. 이건 아니다. 복합 마술이라는 전설의 비술을 평범한 마술사가 사용할 리가 없다. 마술사단장조차 불가능하다.

명문가 자녀의 얼굴은 대부분 알고 있지만 본 적이 없는 얼굴. 그런데도 이 나이에 미들 클래스에 재적한다는 것은 어지간한 실력자…… 혹은 사정이 있을 것이다.

"저기…… 제가 뭔가 잘못했나요……?"

시선을 받아 당황한 페리스.

"아, 실례했어요. 그게 아니랍니다."

여자아이는 서둘러 사과했다. 무척이나 호기심이 왕성해졌지만 처음 보는 상대를 빤히 바라보는 것은 좋지 않다. 무례한 흥미는 억눌러야 한다.

"그래서 페리스는 여기서 뭘 하고 있나요? 중요한 임무 도중인가요?"

그러나 흥미를 억누를 수 없었다. 어린데도 이렇게 강력한 마술사이니 분명 무서운 사건을 위해 움직일 것이라고 여자아이는 생각했다.

"저기…… 그게 아니라……. 왕도를 구경하고 있었는데 미아가, 됐어요. 어디로 가면 좋을지 몰라서 왕족 사람에게 들키지 않도록 숨었는데……."

"왕족에게 들키지 않도록? 혹시 반역자인가요?"

"아, 아니에요! 하지만 왕족 사람에게 실례되는 행동을 하면 처형당하는 모양이라, 처형당하고 싶지 않으니 왕족 사람하고는 절대로 만나면 안 돼요!"

페리스는 공포에 떨었다.

"어머나…… 그거 큰일이네요……."

여자아이는 손으로 입을 가리며 웃음을 참았다.

"어, 어째서 웃는 건가요?"

"미안해요, 어쩐지 웃음이 나와서. 당신은 여러모로 흥미로운 아이네요. 저는 당신이 마음에 들었어요."

"흐에……?"

갑자기 웃거나, 갑자기 마음에 들었다고 하니 페리스는 뭐가 뭔지 알 수 없었다. 하지만 미움을 받는 것보다 호감을 받는 편이 몇 천 배는 좋다.

"어디로 가고 싶은가요? 사과하는 뜻으로 제가 아는 곳이라면 안내해드릴게요."

"저, 저기…… 자넷 씨의 집으로……."

"자넷……? 혹시 마술사단장의 딸인? 가끔 폭주하는?"

"네."

두 사람 다 조금 실례였다.

"어떤 관계인가요?"

"친구예요!"

페리스는 가슴을 펴고 선언했다. 자넷처럼 자상하고 아름다운 친구가 있다는 것이 무척이나 자랑스러웠다.

여자아이는 입가에 손가락을 가져가 생각에 잠겼다.

"흐음…… 그럼 마술사단장도 보고했어야 하는데…… 아니, 일부러 보고하고 싶지 않았던 걸까요……."

"네……?"

페리스가 고개를 갸웃하니 여자아이는 살며시 미소 지었다.

"아무것도 아니에요. 라인츠리히의 저택이라면 알고 있으니 제가 안내해드릴게요."

"고, 고맙습니다!"

익숙하지 않은 곳에서 길을 잃었던 참이다. 처음 보는 상대가 친절하게 대해주자 페리스는 눈물이 나올 것만 같았다. 감정에 벅차 여자아이에게 달라붙었다.

여자아이는 페리스와 손을 잡고 길을 걸었다. 어째서인지 사람이 많은 길은 그다지 이용하지 않고 뒷골목만을 빠르게 걸었다. 이따금 멈춰 서서 주변을 둘러보다 병사를 발견하면 좁은 길로 달려들었다. 마치 무언가를 경계하는 것만 같았다.

"저기…… 숨바꼭질하시나요?"

페리스가 조심스럽게 묻자 여자아이는 부드러운 표정을 했다.

"숨바꼭질…… 네, 맞아요. 무서운 병사에게 들켰다간 큰일이 벌어지거든요."

"괜찮으세요?! 곤란하다면 롯테 선생님이나 일라이자 선생님이 도와주실 거예요! 저, 저도 되도록 열심히 할게요!"

"괜찮아요. 아마 페리스가 상상하는 큰일은 아닐 테니까요."

"아닌가요……?"

여자아이의 말은 어렵다.

페리스는 의문을 품은 채 얌전히 여자아이를 따라갔다. 달리 기댈 수 있는 사람이 없고 여자아이는 왕도의 모든 뒷골목을 알고 있는 듯했다.

얼마 지나 커다란 저택 앞에 도착하자 여자아이가 페리스의 손을 놓았다.

"여기가 라인츠리히의 저택이에요. 사정이 있어서 저는 들어갈 수 없지만 하인을 불러 들어가면 될 거예요."

"고맙습니다. 정말로 살았어요! 생명의 은인이에요!"

"생명의 은인이라니 거창하네요."

"거창하지 않아요! 덕분에 왕족 사람과 만나지 않을 수 있었으니까요!"

페리스가 진지하게 말하자 여자아이는 웃음을 터뜨렸다.

"왜, 왜 그러세요?!"

"아니요…… 신경 쓰지 마세요."

그렇게 말해도 신경 쓰인다. 여자아이의 어깨는 우습다는 듯이 떨리고 있었고, 크리스털처럼 아름다운 눈동자에 눈물까지 맺혀 있었다. 페리스는 자신이 이상한 짓을 저지른 것은 아닐까 걱정했다.

"그럼 저는 이만. 또 언젠가 반드시 만나죠."

"저, 저기…… 이름을 여쭤도 될까요?"

"음…… 글쎄요."

여자아이는 잠시 생각한 뒤에 페리스의 귓가에 손바닥을 가져가 속삭였다.

"……저는 엘리제. 다른 사람에게는 비밀이에요."

"……? 알겠어요."

어째서 비밀로 해야 하는지 알 수 없었지만 페리스는 고개를 끄덕였다. 이 듬직한 여자아이가 바라는 것이니 분명 중요한 이유가 있을 것이다. 이름을 알려준 것만 해도 행운이었다.

그리고 비밀이라면…… 조금 기쁘다.

라인츠리히 저택 앞에 페리스를 남겨두고 엘리제는 그곳을 뒤로했다.

인적이 드문 뒷골목으로 들어가 가볍게 숨을 내쉬었다. 웃음을 참기에 필사적이라 호흡이 곤란해졌다.

"……그럼 조금 더 산책해볼까요."

의기양양하게 걷기 시작한 엘리제.

그러나 진로 방향을 온몸을 갑옷으로 감싼 여기사가 가로막았다. 갑옷의 어깨에 새겨진 것은 황금색 날개 문장, 궁정 기사의 증표였다.

여기사는 긴 머리카락을 나부끼며 위엄 있는 얼굴로 엘리제를 바라보았다.
"……공주님. 멋대로 돌아다니시는 것도 적당히 해주십시오. 성은 큰일이 났습니다."
"……어머나. 오늘은 빨리 들켰네요."
엘리제 공주는 어깨를 으쓱였다.
"종자의 입장도 생각해주십시오. 만에 하나 무슨 일이 생기면 얼마나 큰일이 벌어질지……. 폐하의 걱정과 질책을 받는 저희도…… 애초에 이웃 나라 프로크스가……."
엘리제 공주는 장황하게 이어지는 잔소리를 가볍게 흘려 넘겼다. 모든 설교를 곧이곧대로 받아들였다간 귀가 남아나질 않을 것이다.
이렇게 빨리 성으로 돌아가야 하는 것은 아쉽지만.
"하지만…… 오늘은 멋진 만남이 있었으니 됐어요."
사랑스럽고도 강력한 마술사의 모습을 떠올린 엘리제 공주는 미소를 떠올렸다.

제21장 『조사대』

안내받은 것은 다행이지만.

"으으…… 어떻게 하죠……."

페리스는 라인츠리히 저택 앞에 주저앉았다.

바스테나 왕국의 마법 병사를 이끄는 마술사단장, 그 부와 권력은 보통이 아니다. 마치 성처럼 중후한 느낌이 가득한 건축물. 주변에는 모든 것을 단호히 거절하는 담이 높게 세워져 방문자를 압도하는 위압감을 뽐냈다. 굳게 닫힌 위엄 있는 문은 도저히 페리스 같은 노예를 받아줄 분위기가 아니었다.

훌륭하게 정돈된 정원에는 장미 덤불 사이로 메이드가 청소하고 있었고 철문 앞에는 온몸에 갑옷을 두른 문지기가 당당히 서 있었지만, 페리스는 도저히 말을 걸 용기가 나지 않았다. 방해했다간 혼날 것만 같았다.

곤란해 하며 담장 주변을 서성이니 문지기가 말을 걸었다.

"뭐 하는 거지? 이 집에 볼일이라도 있나?"

"흐에?! 보, 볼일, 이라기보다…… 그게, 저기……."

자신보다 몇 배는 큰 강인한 병사가 내려다보자 페리스는 몸을 떨었다. 앨리시아나 롯테 선생님과는 다르게 눈매가 부드럽지 않았고 공격적인 철과 땀 냄새가 무서웠다.

"뭐지? 수상한데……."

"수, 수상하지 않아요, 잠깐 보고 있었을 뿐이에요! 방해하려는 것도 아니에요!"

문지기는 잔뜩 겁에 질린 탓에 지리멸렬한 대답을 한 페리스를 수상한 사람이라고 판단했다. 왕국 여기저기에서 소동이 끊이지 않는 요즘, 어떤 상대라도 방심은 금물이다. 열심히 일하는 병사다.

"……혹시 도적 길드 쪽 사람인가. 이런 어린아이를 부려 각하를 암살하려 하다니 정말이지 잔인하군……."

"암살?!"

"이쪽으로 와라. 마술사단의 조사 부대를 불러 심문하지."

"죄, 죄송해요!"

페리스는 도망치려 했지만 문지기에게 옷의 목덜미를 붙들려 도망칠 수 없었다. 농작물을 어지럽히다 붙잡힌 새끼 토끼처럼 붙들려서는 울먹이며 버둥댔다. 이대로 감옥에 갇혀 처형되는 걸까? 왕족을 만나지 않았는데, 하고 절망했다.

"잠깐만요?! 뭐 하는 건가요?!"

그때 성난 목소리가 울렸다.

고개를 돌리니 앨리시아와 테테루와 함께 달려온 자넷이 거칠게 숨을 몰아쉬며 문지기를 노려보았다.

문지기는 페리스를 든 채로 답했다.

"……자넷 님. 수상한 인물이 저택 앞을 서성이기에 각하의 안전을 위해 포획했습니다."

포박이 아니라 포획이라고 표현한 것을 보니 역시 범죄자라기보다 새끼 토끼 취급이었다.

"이 아이는 수상한 인물이 아니어요! 당장 내려놓으세요! 용서할 수 없는 만행입니다!"

자넷이 발을 동동 구르자 문지기는 페리스를 땅에 내려놓았다. 그러나 아직 경계하는지 손을 놓지는 않았다.

"자넷 님과 무슨 관계입니까?"

"그, 그건……."

자넷은 말문이 막혔다. 친구라고 단언하는 것은 부끄럽다. 그러나 확실히 설명하지 않으면 문지기는 이해하지 않을 것이다. 자넷은 새빨개진 얼굴로 목소리를 짜냈다.

"제제제제제 소중한 사람이어요! 오늘부터 이 저택에 머물 거예요! 아버님도 인정하신 사이라고요!"

괜스레 부끄러워진다.

"그러시……군요……."

문지기는 의아한 듯이 중얼거리며 페리스를 놓아주었다. 결국 두 사람의 관계는 의문이었지만 자넷이 페리스에게 품은 열의는 확실히 전해졌다.

"흐에에에에엥! 자넷 씨이~!"

페리스는 울며 자넷 등 뒤로 도망쳤다. 필사적으로 뒤에서 달라붙자 자넷의 심장은 단번에 고동이 빨라졌다.

'오늘은 인생 최고의 날이어요!'

그렇게 생각했지만 겁먹은 페리스에게 미안해져 서둘러 달콤한 마음을 떨쳐냈다.

"어, 어쨌든! 이 아이에게, 페리스에게 사과하세요! 전에 제가 유괴됐을 때도 페리스가 구해줬으니까요!"

"이렇게 어린아이가……?"

믿을 수 없어 하는 문지기.

"그럼요! 페리스는 작지만 굉장하다고요!"

"앨리시아하고 선생님들도 구해줬으니까."

"페리스가 없었더라면 지금쯤 다들 어떻게 됐을지 모르지."

친구들이 저마다 페리스를 두둔했다. 황당한 이야기지만 문지기는 자신이 모시는 라인츠리히 가문의 딸이 하는 주장을 무시할 수도 없었다. 어떤 형태든 간에 이 소녀가 주인의 은인이라는 말은 사실일 것이다.

문지기는 자세를 가다듬고 뒤꿈치를 부딪치면서 페리스에게 정중히 고개를 숙였다.

"실례했습니다. 최근 각하를 노리는 사건이 많아 민감하게 대응했습니다. 부디 용서해주십시오."

아까와는 전혀 다른 공손한 태도. 프로페셔널하다. 페리스는 당황하면서도 어색하게 대답했다.

"아, 아니요…… 괘, 괜찮아요……."

"잘 오셨습니다. 자넷 님의 은인이라면 제 은인입니다. 머무르실 동안 페리스 님의 안전은 제가 책임지고 지켜드리겠습니다."

"네……."

오해가 풀린 것은 기쁘지만 커다란 어른이 무릎까지 굽히니 도무지 진정되지 않았다. 훌륭한 병사가 노예인 자신에게 사과하다니 송구한 마음도 들었다.

테테루가 현관 위 테라스로 뛰어올랐다.

"얘들아~! 빨리 와! 저택 엄청 크다!"

"자, 잠깐만요, 테테루 씨! 멋대로 들어가면 안 돼요!"

"마음속으로 『실례합니다.』 하고 말했는데?"

"마음속 말은 들리지 않는다고요!"

"이제 안내해주면 안 될까? 슬슬 차를 마시고 싶은데."

"일단은 남의 집이라는 걸 알고는 있는 건가요?!"

문지기가 열어준 정문을 지나, 소녀들은 라인츠리히의 부지로 들어갔다. 자넷이 앞장서서 페리스와 앨리시아를 저택 쪽으로 안내했다. 테테루도 테라스에서 뛰어내려 페리스 옆에 섰다.

형형색색의 꽃이 흐드러지게 핀 정원을 지난 소녀들은 건물의 문을 지나 뻥 뚫린 홀로 들어갔다.

"흐아…… 굉장해요……."

끝이 보이지 않을 정도로 높은 천장. 천장에 난 창문에서 햇빛이 찬란하게 쏟아졌다.

천장과 벽을 장식한 스테인드글라스는 대리석 바닥에 빛의 예술을 그려냈다. 기둥 옆에는 장인의 그림과 조각이 놓였고 그 아름다움을 경쟁했다.

라인츠리히 반대파 마술사들은 벼락부자 같다고 야유를 받는 화려한 인테리어도 선입관이 없는 페리스에게는 무척이나 아름답게 느껴졌다.

"우선 방으로 안내할게요. 따라오세요."

자넷이 현관 정면의 폭넓은 계단을 올랐다. 페리스는 흥미로운 자세를 한 조각상에 시선을 빼앗겨 미아가 될 뻔하고, 테테루는 어디선가 풍겨오는 신기한 향기에 이끌려 달려가려 했지만, 앨리시아가 두 사람의 손을 붙잡아 확보했다.

바다 건너온 융단이 깔린 복도에는 귀여운 옷을 입은 메이드들이 일하고 있었는데 자넷이 지나갈 때마다 정중한 인사를 보냈다.

"어서 오십시오, 아가씨!"

"오늘도 아름다우십니다!"

"건강하신 것 같아 안심했습니다."

"함께 오신 분은 누구신가요?"

"설마…… 친구……는 아니겠지요?"

"설마 아가씨가…… 아니겠지?"

그렇게 상당히 사랑받는 듯했다.

"설마라니, 무슨 의미인가요?!"

자넷이 따졌지만 하인들은 뜨뜻미지근한 시선을 보낼 뿐. 라인츠리히 저택에서 오래 일했던 만큼 자넷을 다루는 방법도 잘 알고 있다.

주종의 대화를 지켜본 페리스는 눈이 휘둥그레졌다.

"자넷 씨는 정말로 귀족 아가씨였군요……."

"그건 무슨 의미인가요?!"

"저, 저기, 나쁜 의미는 아닌데요……."

"그럼 무슨 의미인가요?!"

테테루가 머리 뒤로 팔짱을 끼며 웃었다.

"자넷은 앨리시아하고 다르게 별로 얌전하지 않으니까."

"하바라스카 양에게 그런 소리 듣고 싶지 않아요!"

"아하하, 동료네!"

"지붕 위를 달리는 건 하바라스카 양뿐이라고요!"

친구인 것은 자넷도 인정하지만 동류라고 여겨지고 싶지 않은 섬세한 나이. 마술사단장의 딸에게는 나름의 품격이라는 것이 요구된다.

앨리시아는 입가에 손가락을 가져가고서 속삭였다.

"나도 놀랐어……. 자넷은 정말로 귀족 아가씨였구나."

"앨리시아는 전부터 알고 있었잖아요! 파티에서 싫증 날 정도로 만났으니까요!"

아무도 귀족 아가씨로 인정해주지 않자 자넷은 반쯤 울먹였다. 잠시 삶의 방식을 고쳐야 하는지, 예절 작법 선생님을 불러야 하는가 싶어 당황했다.

그때 화려한 드레스를 입은 여성이 우아한 발걸음으로 다가왔다.

"정말이지…… 시끄럽네. 이래서 어린애는 싫다니까."

가시 돋친 말투에도 품위가 있는 훌륭한 귀부인. 자넷과는 전혀 다른 관록으로 메이드들이 정중히 인사했다.

자넷은 가볍게 뛰어올랐다.

"어머님! 지금 막 돌아왔습니다!"

"자넷의 어머니?! 엄청 예쁜 사람이다!"

테테루가 솔직히 칭찬하자 자넷의 콧대가 높아졌다.

"당연하지요! 여러분, 이분이 마르고트 어머님이시랍니다. 어머님, 이쪽은 동급생인 페리스, 앨리시아, 하바라스카 양이에요."

"흐에에에……."

페리스는 처음 만나는 자넷의 어머니를 보고 자신도 모르게 넋을 놓았다.

자넷과 많이 닮았고 사람의 시선을 끄는 박력 있는 미모. 하지만 자넷보다 더 어른스럽고 눈초리가 긴 눈동자에는 품위 있는 아름다움이 감돌았다.

마르고트는 앨리시아를 바라보며 눈을 가늘게 떴다.

"앨리시아 구덴베르트……. 네가 라인츠리히의 저택에 오다니, 시대도 변했구나."

"……네."

앨리시아는 긴장으로 어깨가 굳어졌다. 자넷과 친구가 됐다지만 이곳은 일족 숙적의 본거지. 아무렇지도 않게 머물 수 있다고 한다면 거짓말이다.

마르고트는 오뚝한 코를 울리며 말했다.

"뭐, 나는 라인츠리히로 시집왔을 뿐이니 두 가문의 앙금은 아무래도 좋지만. 구스타프가 친구로 인정했다니 놀랍네. 무엇보다 구스타프는 예전에 네 어머니를……."

"네……?"
마르고트는 헛기침하며 얼버무렸다.
"아니, 옛날 일은 됐다."
"뭔가요?! 궁금하잖아요! 알려주시어요!"
자넷이 소매를 당기자 마르고트는 그것을 뿌리쳤다.
"시끄럽잖니, 바보 딸. 가까이서 떠들지 말렴. 성가시니 얼굴도 보고 싶지 않지만 구스타프가 가족끼리 함께 보내고 싶다고 하니 이 저택에 있어 주는 거야."
"죄송해요……."
힘없이 고개를 숙인 자넷.
"그, 그렇게 말씀하시면 안 된다고 생각해요! 자넷 씨는 가족끼리 지내는 시간을 정말 좋아하니까요."
페리스가 그렇게 말했지만 마르고트는 전혀 개의치 않았다.
"뭐, 구스타프도 쓸쓸함을 많이 타니까 효도한다는 생각으로 한동안 저택에 머무르렴. 아침은 추우니 감기에 걸리지 않도록 따뜻하게 입고. 바보라도 감기에 걸릴 테니까. 뭔가 먹고 싶은 게 있다면 주방에 알려두고. 네가 뭘 좋아하는지 모르고 알 생각도 없지만, 모처럼 이렇게 됐으니 디너를 즐기는 편이 좋겠지. 그럼 나중에 보자꾸나. 밤에는 그림책을 읽어주마. 어차피 넌 아직 정신 연령이 낮을 테니까."
그렇게 일방적으로 말하고서 떠나갔다. 신이 난 걸음걸이로 볼록한 뺨은 생생하게 붉은 기가 감돌았다.
멍하니 선 소녀들 사이에서 자넷은 풀이 죽었다.

"어머님은 여전히 차가우시네요……. 분명 저를 싫어하시는 거예요……."

"그, 그건…… 어떨까요……?"

조심스럽게 의문을 제기하는 페리스.

"오히려 엄청 좋아하는 느낌이었지."

자넷은 격렬하게 고개를 저었다.

"그럴 리 없어요! 제가 요리 연습을 하려고 하면 주방으로 뛰어들어 식칼을 빼앗는다고요! 바보 같은 딸에겐 아직 이르다고, 가위를 사용할 때도 당신이 직접 하신다며 화를 내세요."

"아무리 생각해도 애착이 대단하네!"

"자넷보다 중증이구나."

"중증이라니 무슨 말인가요?!"

"그런 말이지."

"그런 말이라고 해도 모르겠다고요!"

떠들썩하게 이야기를 주고받는 소녀들은 넓은 저택 안을 걸었다.

자넷이 부모와 메이드들에게서 사랑받는 것을 본 페리스는 안도했다. 소중한 사람이 다른 사람에게 사랑받는 것은 무척 기쁜 일이다. 자넷이 슬프지 않았으면 한다.

자넷은 복도 옆문을 열며 안내했다.

"여기가 앨리시아의 침실이랍니다. 이쪽은 하바라스카 양의 방, 그리고 이쪽이 페리스와 제 침실이에요."

"어…… 저는 앨리시아 씨하고 같은 방이 아닌가요……?"

페리스가 불안한 듯이 눈을 깜박였다.

"안 되……나요?"

자넷은 굳게 쥔 손바닥에서 땀이 나오는 것을 느꼈다.

페리스와 둘만의 밤. 둘이서 잔뜩 수다하기. 손을 잡고 잠들기. 모처럼 집으로 초대했으니 그런 꿈만 같은 시간을 보낼 수 있으면 좋겠다고 생각했지만 조금 지나치게 강요한 것인지도 모른다.

"안 되는 건 아니지만…… 제대로 잠들 수 있을까 해서요……."

"괜찮답니다! 제가 확실히 재워드리겠어요!"

자넷은 가슴을 치며 보증했다.

그날 밤.

퀸사이즈 침대 위, 자넷은 딱딱하게 굳어버렸다.

캐노피가 달린 침대는 면사 끄트머리에는 유려한 장식이 달려 있고, 귀여운 레이스 커튼으로 둘러싸여 있었다. 새틴 원단 시트가 매끄러웠고, 최상급 오각수의 털만을 아낌없이 넣은 이불은 부드럽게 몸을 감싸주었다.

그리고 자넷의 맞은편에는 페리스가 우두커니 앉아 있었다.

두 사람 모두 원피스 파자마로 페어 룩. 자넷이 오늘을 위해 전속 재봉사에게 부탁한 특제품이다. 새하얀 시폰을 두른 페리스는 한없이 새하얗고, 방금 목욕을 마치고 나와 달콤한 우유 향기가 났다.

"저, 저기…… 페리스……."

"……?"

무언가 이야기해야겠다고 생각해 자넷이 입을 열자 페리스는 사랑스럽게 고개를 살짝 기울였다. 궁금하다는 눈동자와 가녀린 연분홍 입술은 그것만으로 자넷의 심장을 파괴하기에 충분했다.

"고, 고마워요. 아버님, 어머님과 함께 디너를 즐길 수 있어서…… 기뻤어요. 다시 가족이 함께 보낼 수 있게 된 건 페리스 덕분이어요."

"흐에? 저는 아무것도 하지 않았는데요?"

자각하지 못하는 페리스에게 자넷은 웃음을 흘렸다.

"아니요, 당신은 굉장한 일을 했답니다. 페리스가 없었더라면 아버님과 서로 이해할 수도 없었을 테니까요. 마술사단 일로 바쁜 아버님이 오늘 밤처럼 디너에 참가하는 건, 얼마 전까지의 아버님이라면 상상도 할 수 없었던 일이에요."

"그런가요……?"

"그래요."

확실하게 설명하듯 답해주었다. 자넷이 보기에 페리스는 항상 겸허하지만 조금 더 자신의 힘을 이해해도 좋지 않을까 생각한다.

"하지만 역시 어머님은 심술궂으세요. 마른 것 같으니 제대로 먹으라면서 제 입에 억지로 고기를 밀어 넣으시다니요."

"그건 자넷 씨에게 '앙.' 하고 먹여주고 싶었던 것 같은데요."

"어머님이 그런 자상한 일을 할 리가 없어요. 제 배를 터뜨려 놀리려는 거예요."

입술을 삐죽 내미는 자넷.

"그런 짓궂은 사람이 아니에요! 어쩐지 서로 착각하고 있을 뿐이지, 제대로 이야기하면 어머니하고도 친해질 거예요!"

"저도 가능하면 그러고 싶지만……."

평소답지 않게 약한 모습이다. 평소에는 폭주 드래곤 같으면서 가족에게는 조심스러운 듯하다. 페리스는 가슴 앞에서 손을 쥐고서 격려했다.

"괜찮아요! 제가 일라이자 선생님께 했던 것처럼 꼭 안으면 될 거예요!"

"그, 그건…… 너무 부끄러워요……. 어머님은 분명 화내실 테고요……."

"화내지 않아요! 분명 기뻐하실 거예요!"

"아, 알겠어요. 다음에 힘내겠어요."

이렇게까지 페리스가 열심히 말해주는데 계속 소극적일 수는 없다. 자넷은 페리스의 마음을 헛되이 하지 않게 용기를 내자고 마음먹었다.

그토록 바라던 둘만의 공간에서 수다 떨기.

처음엔 잔뜩 긴장했던 자넷도 서서히 말하기 편해지기 시작했다. 페리스는 왕도에서 본 신기한 것들을 열심히 이야기했다. 왕도가 상당히 자극적이었는지 자넷의 대답을 기다릴 틈도 없었다.

그런 페리스가 귀여운 자넷이 가만히 귀를 기울이는 동안 어느덧 두 시간이 흘렀다. 페리스는 점점 피곤해 보이는데도 이야기를 멈추려 하지 않았다.

"프로스트 캔디, 맛있었어요. 어째서 그렇게 푹신푹신한 걸까요? 혹시 왕도의 과자는 전부 푹신푹신한가요? 전 푹신푹신한 쿠키도 보고 싶어요! 아, 보기만 하려고요! 먹고 싶다고 떼쓰지 않을 거예요!"

동그란 뺨을 붉게 물들이며 강조하는 페리스. 그다지 무리하지 않았으면 했기에 자넷은 아쉬워하면서도 말을 끊었다.

"스, 슬슬 잘까요……. 내일도 일찍 일어나야 하니까요."

"아, 네. 죄송해요, 저만 말해서."

정신을 차린 페리스가 겸연쩍은 표정을 했다.

"아니요, 정말 즐거웠답니다."

자넷은 진심으로 그렇게 말했다. 페리스의 천진난만한 목소리를 듣는 것은 최고의 치유이며 그 머릿속에 담긴 바람과 마음을 아는 것은 기쁨이라 이 시간이 영원히 이어지길 바랄 정도였다.

"자, 제가 이불을 덮어드릴게요."

자넷은 침대 위에 서서 이불 끝자락을 들었다. 그러나 어째서인지 페리스는 눕지 않았다. 침대에 앉은 채 뺨을 붉히며 우물쭈물했다.

"저, 저기…… 전 항상 앨리시아 씨가…… 해주지 않으면 잘 수 없는데요……."

"뭘 하면 되나요? 제가 대신해드리겠어요!"

자넷은 힘주어 가슴을 폈다. 물불 안 가리고 지옥 끝까지 간다고 해도 페리스의 바람을 이루어 줄 것이다. 라이벌인 앨리시아

가 하는 것을 자신이 하지 못할 리가 없다. 오늘 밤은 페리스가 크게 만족해야 한다. 또 자넷의 방에서 자고 싶다고 생각했으면 좋겠다.

"저, 저기…… 꼭 안고 잠들지 않으면 잘 수 없는데요……."

"포, 포옹 말인가요……? 페리스를, 제가……?"

"네……."

"히, 히히히히힘내겠어요……."

예상 밖의 난관이다. 천국 같은 요구지만 자넷에겐 지옥보다도 엄청난 중압감. 그저 페리스와 함께 잠드는 것만으로도 긴장되는데.

자넷은 뻣뻣한 움직임으로 침대에 누워 페리스 쪽을 보았다. 페리스가 가슴 속으로 쏘옥 파고들었다.

"에헤헤…… 조금 부끄러워요……."

"……!"

그 부드러운 감촉, 넋을 잃을 정도로 달콤한 향기, 천진난만한 행동에 자넷은 기절할 뻔했다. 숫자 점술 공식을 머릿속에 가득 담으며 필사적으로 평정심을 유지했다. 떨리는 손바닥으로 조심스럽게 페리스를 안았다.

"페, 페리스……? 저, 저기, 저는 이런 일에 익숙하지 않아서…… 만약 제대로 포옹하지 못했다면 사양하지 말고……."

"스으…… 스으……."

"너무 빨리 잠들잖아요!"

사랑스러운 숨소리를 내는 페리스를 품에 안고 자넷은 심장이 터질 것만 같았다.

똑똑, 앨리시아의 침실 문을 두드리는 소리가 났다.

잠들 준비를 마치고 일기를 적던 앨리시아는 책상에서 고개를 들었다.

"……페리스? 들어와."

"……."

입술을 깨물며 방으로 들어온 사람은…… 자넷이었다. 저녁 식사 후에는 신바람이 나서 활달했었는데 지금은 언뜻 보기에도 피곤한 모습이었다.

"자넷이잖아. 무슨 일이야?"

"자……자……."

"자……?"

울먹이며 속삭이는 자넷을 보며 고개를 살짝 갸웃한 앨리시아.

"잠들 수 없어요! 페리스가! 페리스가 너무 귀여워서! 뒤척이는 모습도 고양이 같아서! 음냐음냐 잠꼬대하는 것도 귀여워서! 전혀 잘 수 없다고요!"

"……그렇겠지."

"그렇겠다니, 무슨 말인가요?!"

"예상은 했지만…… 자넷답네."

"저답다는 게 무슨 뜻인가요?!"

자넷은 뺨을 붉게 물들이고서 발을 동동 굴렀다. 한밤중인데도 시끄럽기 그지없었다. 내버려 뒀다간 다른 사람에게 폐가 될 것이다.

앨리시아는 침대에 올라 가느다란 다리를 뻗고서 무릎을 가볍게 두드렸다.

"이리 와. 무릎베개해 줄게."

"네?! 어째서 제가?! 놀리는 건가요?!"

"아니야. 잠이 부족하면 내일 예정에도 지장이 생기잖아. 페리스가 마녀를 붙잡겠다고 의욕적인데 방해하고 싶은 거야?"

"그, 그건……."

자넷은 주먹을 쥐며 고개를 숙였다. 라이벌에게 부탁하는 것은 분하지만 이것저것 따지고 있을 때가 아니다. 페리스와 둘만 있는 공간이 심장에 좋지 않아 뛰쳐나왔지만 지금까지도 고동이 격렬하게 울리고 있다. 어떻게든 진정시켜야 한다.

"그, 그럼 재울 수 있다면 재워보세요! 어차피 당신에게는 무리겠지만요!"

자넷은 거만하게 화를 내며 침대에 올랐다. 촘촘한 무늬의 시트 위에 누워 앨리시아의 허벅지에 머리를 올렸다.

부드러운 감촉을 맛본 순간, 갑자기 마음이 진정되더니 몸의 힘이 빠져나갔다. 분하다. 그 사실을 인정하고 싶지 않은 자넷은 입술을 삐죽 내밀었다.

"요, 요만큼도 잠이 오지 않는군요."

"그래, 그래. 알았으니까."

앨리시아가 타이르며 자넷의 머리를 쓰다듬었다.

"어린애가 아니라고요!"

그렇게 반발하면서도 앨리시아의 섬세한 손가락이 머리카락을 쓰다듬고 친숙한 눈동자가 바라보니 눈꺼풀이 무거워지기 시작했다. 이따금 차가운 손끝이 이마에 닿는 것이 낮의 온기를 가볍게 빼앗아갔다.

"……기분 좋아?"

앨리시아가 속삭였다.

"그렇지…… 않다고요……."

자넷은 크림수프처럼 녹아내리는 의식 속에서 그렇게 속삭여 대답했다. 멀리서 숙적의, 태어날 때부터 정해진 질긴 인연의 맑은 목소리가 들렸다.

"……난 말이지, 사실 마법 학교 입학했을 때부터 자넷과 친해지고 싶었어. 정말 예쁘구나, 하지만 조금 독특하고 재밌는 아이구나 싶었거든."

자넷은 느꼈다. 자신도 어쩌면 그랬을지도 모른다. 그러나 앨리시아와 친해지는 방법을 몰랐다. 싸움을 거는 것 이외에는 앨리시아와 이야기할 수 없었다. 그래서 그렇게도 열심히 싸웠는지도 모른다.

"저도…… 그렇답니다……."

그 말을 제대로 했는지 알 수 없는 채 자넷의 의식은 천천히 잠 속으로 빠져들었다.

페리스는 꿈을 꾸었다.

그것은 단순히 잠자리에 듣는 동화인지, 아니면 진실의 바다에

깊숙한 곳에서 연결된 과거의 잔해인지 페리스는 알 수 없었다. 다만 그 광경은 무서울 정도로 선명해서 눈앞의 현실처럼 오감을 자극했다.

오늘 밤 꿈의 무대는 암흑이 아니라 서정적인 농촌이었다. 마을 구석에서 검은 비의 마녀가 나무 뒤에 몸을 숨겼다. 그녀의 시선이 향한 곳은 농가 앞에서 이야기하는 요한나와 병사의 모습.

정규군은 아니지만 피와 녹으로 얼룩진 갑옷을 입은 병사들이 성을 내며 요한나를 둘러쌌다.

그들의 지저분한 입에서 쏟아진 것은 공갈과 위협의 말.

"재앙의 마녀는 어디지?!"

"마을에 재앙의 마녀가 들어온 걸 본 녀석이 있다."

"타지인이 이 주변을 어슬렁거렸다는 소문도 있지."

"너희 집은 여기지? 마녀를 전혀 보지 못하지는 않았을 텐데?"

"숨겼다면 집까지 통째로 불태워주지!"

욕망으로 눈을 번뜩이며 가녀린 소녀를 내몰았다. 재앙의 마녀에게 걸린 현상금은 크다. 그 힘을 원한 나라들이 앞을 다퉈 금액을 올린 결과 일확천금을 노리는 용병과 불한당 등을 끌어들이는 극상의 먹잇감이 됐다.

"부, 불태우다니……."

요한나는 공포에 떨었다. 여기저기서 싸움이 끊이지 않는 지금 시대에 용병의 폭주는 드문 일이 아니다. 그들은 저지를 것이다. 필요하다면 이런 시골 마을을 없애는 것도 주저하지 않는다.

'어차피 배신당하겠지.'

숨어 있던 마녀의 마음속 속삭임이 페리스의 의식으로 흘러들어왔다. 지금까지 모든 인간이 재앙의 마녀를 짓밟아왔다. 처음에는 부모, 신세 진 수양부모, 숙식 제공으로 일하게 해준 푸줏간 여주인도 다들 대가를 원해 마녀를 팔았다.

어쩔 수 없다, 인간은 그런 법이다, 마녀는 그렇게 생각한다. 모두가 자신이 살아가는 것만으로 필사적이라 타인의 행복은 생각할 여력이 없다. 생물이 개별적인 존재인 이상 당연한 일, 잔혹하지만 명확한 진리다. 재앙의 마녀는 인간을 믿지 않는다.

믿었다가 배신당했을 때는 너무나도 괴로우니까.

'어디, 이제 어떻게 할까. 이 썩은 용병들은 태워죽이고 소녀의 정보를 아는 저 아이와 밀고한 마을 사람들은…….'

마녀는 지팡이를 쥐었다. 어리석은 자들에게는 그에 상응하는 벌을 내려야 했다.

하지만.

"……죄송해요. 잘 모르겠어요."

요한나는 병사를 똑바로 바라보며 답했다. 창백해진 얼굴이지만 그 눈빛에 망설임은 없었다.

"잘 모르겠다는 건 무슨 뜻이지?"

"말 그대로예요. 타지인은 항상 오니까 일일이 기억하지 못한다고요. 이런 시골에서 시간을 보내는 건 바보 같다고 생각하지만. ……한가해요?"

"건방지긴!"

병사가 요한나의 목을 움켜쥐었다. 얼굴을 가까이 들이밀고서 추하게 위협했다.

"그래, 우리도 한가하지 않으니까…… 빨리 불어! 그렇지 않으면 이 목을 나뭇가지처럼 부러뜨려줄까?"

쭉 뻗은 목덜미에 진흙투성이 손톱이 파고들어 피가 흘렀다. 걱정스러울 정도로 목뼈가 구부러지고 요한나의 얼굴로 피가 몰렸다.

'자, 잠깐! 그만둬라!'

마녀가 지팡이를 들자 요한나가 살짝 고개를 저었다. 무척이나 맥이 없었는데도 어째서인지 강인한 눈동자가 『나는 괜찮아.』 하고 말했다.

마녀는 입술을 깨물고 지팡이를 가슴에 안았다.

"아. 이런 곳에 있었구나!"

마을에서 조금 떨어진 숲속, 통나무 오두막의 뒤. 통나무에 걸터앉아 멍하니 있는 마녀를 요한나가 발견한 것은 슬슬 날이 저물 무렵이었다. 제법 달려왔는지 요한나는 당장에라도 떨어질 것 같은 과일처럼 상기된 뺨으로 거친 숨을 몰아쉬었다.

"……무슨 일이냐."

마녀가 뚱한 표정으로 묻자 요한나는 바구니를 내밀었다. 안에는 샌드위치와 우유가 꽉꽉 담겨 있었다.

"점심밥 가져왔어. 아, 이런 시간이 됐으니 저녁밥이네! 네가 평소의 창고에 없어서 찾았잖아. 뭐해?"

"소녀는 마을에 없는 편이 좋다. 그러니 다음으로 숨을 곳을 생각하고 있었지."

거짓말이다. 사실은 아무 생각도 하지 않았다. 점심때 있었던 일에 당황해 어떡하면 좋을지 알 수 없었다. 일단 당황하게 한 원흉에게서 멀어지고 싶었다.

"괜찮아. 그 사람들 전혀 다른 곳을 찾고 있으니까. 내가 마을을 빠져나온 것도 들키지 않았고!"

"위험한 짓을. 소녀와 만나는 것을 만에 하나라도 들켰다간 그대도 어떻게 될지……."

"그런 걸 신경 쓸 때가 아니지! 배고픈 널 내버려 둘 수 없는걸! 넌 예쁘지만 그 이상 말랐다간 바람이 불기만 해도 날아갈 거야!"

요한나는 마녀의 무릎에 바구니를 올리고 자신도 옆에 앉았다.

마녀는 달걀 샌드위치를 씹고 우유를 마셨다. 요한나의 집에서 키우는 닭의 달걀은 신선하고 우유도 살짝 달콤했다. 정말로 맛있는데…… 목이 막혔다. 눈물이 나올 것 같아 그것을 참느라 필사적이었다.

"어째서…… 이렇게 자상하게 대해주는 것이냐?"

"응? 어째서라니……."

그렇게 질문할 줄 몰랐는지 요한나는 멍해졌다.

"소녀는 위험하다. 엮여봤자 그대에게 도움 될 게 없지. 팔아넘기는 거라면 몰라도 감싸들다니…… 너무나도 어리석다."

"아, 놀리다니! 난 그렇게 머리 나쁘지 않아! 덧셈 뺄셈도 할 수 있고 축제 때는 가게를 보기도 한다니까!"

"그런 뜻이 아니라……."

마녀는 한숨을 쉬었다. 이 마을 처녀는 위험성을 모르는 걸까. 그렇다면 그 위험성에 어울리는 보수를 주지 않으면 이치에 맞지 않는다.

"뭔가 보답을 하마. 부인가, 명예인가, 그것도 아니면 힘인가. 그분의 재래라 불리는 소녀의 마도라면 어떠한 욕망도 뜻대로 이룰 수 있지."

잔혹하고 자기밖에 모르는 나라들을 위해 힘을 쓰고 싶지 않지만 때 묻지 않은 소녀를 위해서라면 사용해도 상관없다.

아니, 아니다. 마녀는 기대하고 있다. 보수가 눈앞에서 아른거린 마을 처녀가 눈빛을 바꾸고 달려드는 것을. 숨겨둔 인간의 추한 본성을 드러내는 것을. 그녀도 다른 놈들과 마찬가지라며, 빨리 가면 뒤의 얼굴을 끄집어내 비웃어주고 싶었다.

그런데도.

"필요 없어."

"……뭐?"

단칼에 거절당해 마녀는 귀를 의심했다.

"무, 무슨 말이냐, 그대는. 이 소녀가 포상을 주겠다고 하거늘. 금화를 불려 줄 수도 있고, 절세의 미모를 선사할 수도 있고, 술식을 몸에 넣어 세계를 멸망시킬 정도의 힘을 줄 수도 있다."

요한나는 뾰로통한 얼굴을 했다.

"그런 건 필요 없어. 바보 같아."

"바, 바보라니……."

"바보잖아. 돈이 없어도 소와 닭이 있으면 굶주리지 않아. 우리

엄마는 미인은 아니지만 매일 즐거워 보여. 세계를 멸망시키면 분명 지루해서 참을 수 없을 거야."

"그건…… 그렇다만……."

이 소녀는 의외로 어리석지 않을지도 모르겠다고 재앙의 마녀는 생각했다. 적어도 혈안이 되어 재앙의 마녀가 지닌 힘을 원하는 녀석들보다는 몇만 배는 현명하다.

요한나가 손가락을 물고서 생각했다.

"하지만…… 그래. 네가 꼭 보답하고 싶다면 부탁이 있어."

"……무엇이냐?"

"나를 제대로 요한나라는 이름으로 불러줘. 우리는 친구니까."

그 순결한 미소에, 맑은 눈빛에 재앙의 마녀는 어금니를 깨물었다. 가슴이 아팠다. 어째서 이렇게나 괴로운지, 사람들로부터 공포와 증오의 시선을 받을 때보다도 애달픈지 알 수 없었다.

"친구는…… 처음이다."

속삭이는 마녀의 시야가 흐려졌다. 뺨으로 뜨거운 것이 흐르는 것이 느껴졌다.

"어휴, 너도 참 엄청 강한 주제에 제법 울보구나. 이래선 재앙의 마녀가 아니라 비의 마녀네."

요한나는 검은 비의 마녀를 안고서 사랑스러운 듯이 웃었다.

커다란 창문에서 아침 햇살이 비쳐들어 테이블에 놓인 음식이 반짝였다. 쟁반에 놓인 것은 방금 구운 크루아상과 로스트비프

그리고 신선한 과일들이었다. 메이드들이 우아한 제복을 입고서 바지런히 날라다 주었다.

"흐아~ 아침밥도 맛있어요~!"

라인츠리히 저택의 식당에서 페리스는 밝은 목소리로 말했다. 입안 가득 크루아상을 넣어 질식할 것 같으면서도 눈을 반짝였다.

"이 블러드 피치도 맛있어! 페리스도 먹어봐!"

거기에 다른 음식을 더 집어넣으려는 테테루. 가차 없었다. 물론 자신의 입에는 이미 대량의 블러드 피치를 집어넣은 뒤였다.

그런 아이들을 바라보며 자넷이 미소를 지었다.

"두 사람 모두 푹 잔 모양이라 다행이네요."

"자넷도 잘 잤지."

쿡쿡 웃는 앨리시아.

"그, 그러네요……."

자넷은 겁먹은 듯이 앨리시아를 보았다.

"그렇게 잠이 안 온다더니 내가 무릎베개를 해주고 머리를 쓰다듬어주니……."

"그건 말하지 말아주시어욧!"

자넷은 황급히 앨리시아의 입을 막았다.

"무릎베개……?"

페리스는 작은 손으로 빵을 쥔 채 어리둥절했다.

"그러고 보니 자넷은 자기 방에 없었지? 아침에 앨리시아의 방에서 나온 것 같은데 어째서?"

"정말 그래요! 일어나보니 자넷 씨가 옆에 없어서 걱정했어요!"
"무슨 일 있었니? 자넷."
앨리시아는 우습다는 듯이 어깨를 떨며 장난스러운 눈빛으로 자넷을 바라보았다.
자넷은 이를 갈았다. 이 구덴베르트 가문의 아가씨는 사정을 파악하고 있으면서도 자넷을 난처하게 해서 즐기고 있다. 이것은 라인츠리히 가문에 대한 도전이다.
자넷은 서둘러 화제를 돌렸다.
"아, 아무것도 아니랍니다! 오늘부터 행동 개시에요! 검은 비의 마녀가 노릴지도 모르는 보물고를 찾아야 해요!"
"검은 비의 마녀 씨……."
페리스는 어젯밤 꿈을 떠올렸다. 이상하리만치 현실적인 꿈. 재앙의 마녀라 불리며 두려움의 대상이 된 소녀가 요한나라는 마을 처녀의 도움을 받아 비의 마녀라고 불리게 되었을 때, 페리스는 잠에서 깨고 말았다.
'신기한 꿈이었어요…….'
검은 비의 마녀를 조사하다 궁금해져 꿈에 나오게 된 걸까. 그렇다 하더라도 요한나는 어디서 나온 걸까. 도서관에서 찾은 문헌에서 그 이름을 본 적은 전혀 없었다. 그것이 정말로 그저 꿈이었을지 페리스는 의문이었다.
"롯테 선생님이 우선 미란다한테 상담하라고 말씀하셨지."
테테루가 로스트비프 한 접시를 비우고 다음 접시를 들었다.
"그래. 여러모로 형편을 봐준다고 하니까."

"아침 식사가 끝나면 마술사단 본부로 가죠. 임무로 나가지 않았다면 미란다 대장님도 있을 테니까요."

"네!"

페리스는 기세 좋게 끄덕였다. 꿈은 꿈. 계속 생각해봐도 어쩔 수 없다. 우선은 눈앞의 문제를 해결해 조금이라도 검은 비의 마녀에게 다가가야 한다.

그것은 위엄 있게 자리 잡은 건물이었다.

오래된 석재가 치밀하게 쌓였고 그 끝에는 오래된 장식이 걸려 있었다. 가고일, 유니콘, 드래곤, 페어리 등의 생물이 새겨진 벽은 마치 벽화처럼 아름다웠다. 첨탑에는 술식이 겹겹이 설치되어 아무도 침입할 수 없는 분위기를 자아냈다. 왕도의 다른 건물과는 확연하게 격식이 달랐고, 쌓아온 시간의 무게도 달랐다.

"이곳이 영광스러운 마술사단 본부랍니다!"

마차가 오가는 길에서 자넷이 자랑스럽게 소개했다.

"와~ 멋지다! 박치기를 몇 번 하면 부서질까?"

"부수지 마시어요! 퇴학 정도로 끝나지 않을 거라고요!"

이상한 의욕을 내는 테테루의 폭주를 서둘러 말렸다. 자넷은 아마 농담이라고 생각하지만 확실히 단언할 수 없기에 만약을 위해서다. 마술사단장의 딸이 친구와 함께 본부 파괴 활동에 가담하는 것은 농담으로 끝나지 않는다.

"마, 마술사단……. 강한 마술사가 잔뜩 있는 곳이죠……?"

페리스는 앨리시아 뒤에 숨어 조심스레 본부 건물을 올려다보았다.

"혹시 무서워?"

호위인 다니엘라가 물으니 페리스는 살짝 끄덕였다.

자넷은 웃음이 나오고 말았다.

"어째서 무서운가요? 페리스가 훨씬 더 강하답니다."

"그, 그럴 리 없어요……."

페리스는 어른이 무섭다. 게다가 마술사단이라고 하면 안에 있는 사람은 다들 병사. 전투의 프로다. 포위되면 무사할 것 같지 않았다.

앨리시아가 물었다.

"그래서 미란다 언니하고 면회 약속은 했어?"

"약속이 필요해? 창문에서 뛰어들면 되지 않아?"

테테루가 고개를 갸웃했다.

"그랬다간 소동이 벌어질 거야. 마술사단의 경비는 상당히 삼엄할 테고 계급이 대장 수준이라면 미리 얘기해둬야지."

자넷은 흐흐흠, 하고 콧소리를 냈다.

"괜찮답니다! 저는 마술사단장 구스타프 라인츠리히의 딸, 자넷 라인츠리히……. 마술사단 본부는 제 앞마당이나 마찬가지예요!"

"자넷 씨, 굉장해요!"

주먹을 쥐고서 눈을 반짝이는 페리스.

"그럼요, 그럼요! 저만 믿으시어요!"

자넷이 의기양양하게 페리스 일행을 데리고 본부로 들어갔다.

경비병과 마술사들이 단번에 술렁였다.

"앨리시아 님!"

"앨리시아 아가씨잖아요!"

"어서 오세요!"

"이렇게 아름다워지시다니…… 어엿한 숙녀가 되셨군요!"

"여기는 어쩐 일로?!"

"혹시 로버트 님이 마술사단장의 자리로 돌아오시는 건가요?!"

"오늘은 좋은 날이로군요!"

그렇게 술렁이며 앨리시아 주위를 둘러쌌다.

"흐아…… 앨리시아 씨, 인기가 엄청나요……."

입을 떡하니 벌린 페리스.

"으극…… 흑…… 마, 마술사단장의 딸은, 저, 저인데요……."

울먹이는 자넷.

"자, 자, 그렇게 한꺼번에 말하지 마. 아씨도 귀가 두 개밖에 없으니까."

다니엘라가 앨리시아의 방패가 되듯이 앞에 섰다. 마술사들은 조용해지기는커녕 더욱 떠들썩해졌다.

"다니엘라잖아!"

"오랜만입니다!"

"로버트 각하를 잘 지켜드리고 있어?"

"로버트 님은 야무진 것처럼 보이지만 의외로 빈틈이 많으니까!"

"누가 술통 좀 갖고 와!"

"우후후, 전부 마실 때까지 돌려보내지 않을 거야!"

마술사들은 앨리시아와 비슷한 정도로, 아니, 더 친근하게 다니엘라에게 몰려들었다. 어깨를 두드리고 팔꿈치로 찌르는 등 오랜 친구와 만난 것처럼 떠들었다.

테테루가 웃었다.

"다니엘라는 마술사단하고 친하네."

"기사단에 있을 무렵에는 싸우기만 했다지만."

지금 다니엘라는 구덴베르트 가문의 호위이고, 존경하는 로버트를 모시는 사람을 옛 부하들이 무시할 리도 없었다. 몇 번이고 결투를 반복하거나 기절할 때까지 술을 마신 결과 그들에게도 인정받기에 이르렀다.

"으으으으…… 이래선 제 입장이……."

꾸어다 놓은 보릿자루 신세가 된 자넷은 복도 구석에 주저앉아 손가락으로 바닥에 대고 빙빙 돌렸다. 완벽하게 위축된 모습이었다. 라이벌은커녕 라이벌의 호위에게까지 멋진 모습을 빼앗겨 마음의 상처가 막대했다.

이런 곳에서 토라지면 곤란하다고 생각한 앨리시아는 소동을 잠재우기로 했다. 두 손을 단아하게 맞잡고 온화한 미소로 마술사들에게 말했다.

"딱히 아버님께서 마술사단으로 복귀하는 건 아니에요. 특별한 일은 없어요. 오늘은 자넷을 따라왔을 뿐이니까요."

"어…… 라인츠리히를 따라……?"

"대, 대체 두 가문에 무슨 일이……?"

"앨리시아 님, 부디 천천히 사정을 설명해주십시오!"
"차와 자리를 마련할 테니!"
"최근 입소문 난 마들렌이 있습니다!"
마술사들은 호기심을 감추지 못하고 희귀한 것을 발견한 새떼처럼 몰려들었다. 사건이 많은 요즘은 왕국군도 분위기가 살벌해서, 즐거운 일에 굶주린 탓이다.
인내심의 한계가 온 자넷이 구둣발로 바닥을 차며 끼어들었다.
"적당히 하세요! 무슨 사정인지는 당신들과 상관없어요! 잠깐 조사 부대의 미란다 대장에게 볼일이 있습니다! 어디에 있나요?!"
마술사들의 얼굴이 굳어졌다.
"미란다 대장……?"
"그 사람을…… 만나시려는 겁니까?"
"그만두시는 편이……."
"조금…… 제법…… 상당히…… 개성적인 녀석인데요?"
"오늘도 자료실에 틀어박혀 뭔가를 하는 모양이던데."
"구태여 다가가지 않는 편이……."
미묘한 반응. 이제야 마술사들의 기세가 줄어들었다.
동료인데도 너무한 대우지만, 그 미란다 대장의 폭주를 고려하면 어쩔 수 없는 일이다. 전에는 일을 열심히 하는 탓에 페리스도 큰일을 겪었다.
"자료실이라고 했죠. 여러분, 이쪽이에요! 제가 안내하겠어요!"

잃어버린 체면을 되찾고자 자넷이 다부지게 통로를 걸었다.

"역시 자넷이야! 듬직하네!"

"그래."

테테루의 말에 끄덕이는 앨리시아. 이전 단장의 딸이라 그녀와 마찬가지로 마술사단 본부의 구조는 잘 알고 있지만 계속해서 자넷을 울리는 것도 미안하니 잠자코 있기로 했다.

"흐아…… 신기한 곳이에요."

페리스는 마법약 향기가 감도는 오래된 복도를 두리번거리며 걸었다. 당장에라도 움직일 것 같은 석상이 있거나(그리고 실제로 눈알이 움직였다), 벽에 걸린 그림 속에서 마법진이 계속 회전한다거나, 바닥 일부가 액체로 녹아 있는 등 다른 곳에서는 볼 수 없는 광경뿐이라 페리스의 입은 다물어질 줄 몰랐다.

'저 귀여운 입에 사탕을 넣어보고 싶어요!'

자넷은 그렇게 본능적으로 느꼈지만 아쉽게도 지금은 수중에 과자가 없다. 앞으로는 페리스를 위해 항상 과자를 휴대해야겠다고 생각했다.

이윽고 페리스 일행은 자료실 앞에 도착했다.

단순히 자료실이라고 해도 역시나 마술사 본부답게 평범한 창고와는 달랐다. 다양한 사건과 작전으로 회수한 마도구와 고문서, 금단의 연구 자료 등이 있어서, 입구에는 적을 배척하기 위한 마법진이 설치되어 있었다. 문 자체도 액막이 효과가 있는 은으로 만들어졌으며 붙어 있는 보옥이 위엄 있는 분위기를 자아냈다.

그 문 너머로 익숙한 목소리가 들렸다.

"이 흥분! 지식의 심층에 파고드는 쾌락! 아아, 서적이란 어찌도 이리 훌륭할까요! 더 많이 알고 싶습니다! 더 깊게 알고 싶습니다! 좋아요, 이 금서도 봉인을 풀어버리겠어요…… 후후, 후후후후후후후……!"

엄청나게 불온한 분위기였다. 마술사단 동료가 아니더라도 엮이고 싶지 않은 분위기가 농후하게 흘러나왔다.

"마술사단의 괴짜라는 소문은 들었지만…… 이거 여간내기가 아니네."

어깨를 으쓱인 다니엘라.

"돌아가는 편이 좋을까……."

"여기까지 와서 그건 아니라고요……."

"폐, 폐가 되지는 않을까요……?"

소녀들은 묵직한 문 앞에서 얼굴을 마주 보았다. 이 문을 여는 것은 검은 비의 마녀를 사당에서 풀어주는 것과 비슷한 정도로 어리석은 행동인 것만 같았다.

"미란다~! 잘 지냈어~?!"

그러나 테테루는 신경 쓰지 않고 자료실 안으로 돌입했다. 흡사 야생 플라잉 버팔로처럼 흉흉한 마도구를 걷어찼다.

"……테테루?! 페리스와 앨리시아 님, 자넷 님까지! 무슨 일인가요?!"

미란다 대장이 산더미 같은 책 사이로 얼굴을 내밀며 놀랐다.

문자 그대로 산더미 같은 책. 무질서하게 쌓인 막대한 서적 안에 대장의 몸이 파묻혀 있었다. 게다가 들고 있는 고문서에서는 검은 독기가 뭉게뭉게 새어 나오고 있었다.

미란다 대장은 곧바로 고문서를 닫고서 등 뒤로 숨겼다.

"이, 이건 아니에요! 네, 아니고말고요! 정말로 금서의 봉인을 풀려고 한 건! 지적 호기심을 억누르지 못하게 된 것은!"

"얼버무려도 소용없어요! 혼잣말이 확실히 들렸으니까요!"

"분명 환청일 거예요!"

끝까지 속이려 한다.

"나도 들었어. 마술사단 전원에게 들릴 정도로 큰 목소리였지."

테테루가 입을 삐죽 내밀었다.

"에이, 혼자서 봉인을 풀다니 너무하네. 이왕 할 거면 같이 하지."

"같이 하는 것도 안 된다고요!"

다수를 따르는 것이 서민의 상식일지도 모르지만, 적어도 자넷이 태어난 라인츠리히는 다르다. 모략가인 탓에 인정머리 없다는 평가를 받을지언정 자신만의 미학을 확실히 갖고 그것에 부끄럽지 않은 행동을 해야 한다.

끝까지 속일 수 없다고 판단한 미란다 대장은 슬쩍 시선을 피했다.

"……아직 풀지 않았어요. 풀려 했을 뿐이라고요. 미수라면 괜찮다고요!"

"그렇군요! 좋은 걸 배웠어요!"

고개를 끄덕인 페리스.

“이상한 걸 배우지는 마시어요! 저건 몹쓸 어른의 표본이라고요!”

자넷은 서둘러 알려주었다. 메마른 대지처럼 지식을 흡수하는 페리스에게 그 장래를 비틀 악영향을 주면 곤란하다.

“미란다 씨는…… 몹쓸 어른의 표본인가요……?”

페리스는 동그란 눈동자로 미란다 대장을 올려다보았다. 너무나도 맑은 눈동자였다. 어디까지나 순수하게 미란다 대장이 몹쓸 어른인지를 알고 싶어 묻는 것이다.

“그, 그런 예쁜 눈으로 보는 건……. 엄청 괴로우니까 용서해주세요…….”

미란다 대장은 가슴을 억눌렀다. 조금은 어린이들에게 좋은 본보기가 되는 어른이 되어야겠다고 명심했다. 다만 미란다 대장의 양심은 기억력이 떨어진다. 내일이 되면 잊을 것이다.

미란다 대장은 산더미 같은 책 사이에서 빠져나와 흐트러진 옷을 정리하고 헛기침을 했다.

“그래서 무슨 볼일이신가요? 마술사단장 각하라면 집무실에 계십니다만.”

“아버님이 아니라 당신을 만나러 왔답니다.”

“저를?”

“네, 할 이야기가 있어서요.”

역시 검은 비의 마녀가 원하는 마도구가 어느 보물고에 숨겨져 있는지 직설적으로 물을 수는 없다. 왕도 보물고의 정보는 국가

기밀이고 검은 비의 마녀와 관련됐다면 더욱 기밀도가 올라간다. 어떻게 해야 이야기를 잘 끌어낼 수 있을지 앨리시아가 고민하고 있을 때.

"검은 비의 마녀 씨를 붙잡고 싶으니 검은 비의 마녀 씨가 원한다는 마도구…… 아르타마키아? 그게 있는 보물고 위치를 알려주세요! 부탁드려요!"

"그걸 솔직히 말하는 건가요?!"

자넷이 깜짝 놀랐다. 미란다 대장은 미간을 찌푸렸다.

"그게…… 보물고 정보는 알려드릴 수 없는데 말이죠……."

"부탁드려요!"

페리스가 꾸벅 고개를 숙였다.

"아니, 부탁한다 해도 그게…… 말이죠. 잘못되면 국가 반역죄로……."

"하지만 알고 싶어요! 검은 비의 마녀씨가 이 이상 나쁜 짓을 하지 않았으면 해요! 그러니까 마녀 씨의 마도구가 있는 보물고에서 잠복하고 싶어요!"

"그건…… 생각은 알겠지만 애초에 마법 학교 학생이 움직일 문제가 아닌 데다 이쪽도 사정이라는 게……."

"아, 안 되나요? 저, 저는…… 일라이자 선생님 때와 같은 일은 이제 일어나지 않았으면 해서……."

울먹울먹 눈동자를 적신 페리스가 미란다 대장에게 매달렸다. 목소리가 약하고 떨리는 것이 당장에라도 울음을 터뜨릴 것 같은 분위기로 가득했다.

"크……. 아, 안 됩니다…… 그런…… 제게도 입장이……."

미란다 대장은 필사적으로 저항하지만 페리스 같은 아이가 열심히 부탁하면 딱 잘라 거절하기 어렵다.

"미란다 너무해! 조금은 괜찮잖아!"

페리스를 거드는 테테루.

"아무에게도 말하지 않을게요. 아까 고문서 일도…… 네?"

은근히 압박하는 앨리시아.

"어쩜 페리스를 울릴 수 있죠! 비열해요!"

미란다 대장에게 손가락질하며 비난하는 자넷.

어느 틈에 포위망이 완성되고 말았다. 분명 잘못된 말을 한 것이 아닌데도, 정론인데도 미란다 대장은 자신이 잘못한 것 같은 기분이 들었다. 도움을 요청하며 시선을 돌려보지만 조사 부대의 충실한 부하들은 없다. 동료인 마술사단 병사들도 없었다. 고립무원이다.

"미란다 씨……."

페리스의 사랑스러운 눈동자에 살며시 눈물이 퍼졌다. 그 조그마한 주먹은 미란다 대장의 상의를 꼭 쥐었다. 압도적인 파괴력을 지닌 공격에 가련한 제물의 정신력이 급속도로 깎여나갔다.

"…………조, 조금만, 입니다?"

미란다 대장이 패배했다.

"고맙습니다! 미란다 씨!"

"신난다! 이걸로 마녀는 금방이지!"

크게 기뻐하는 페리스와 테테루.

“아, 하하…… 목소리를 낮춰주시겠어요……? 다른 단원에게 들리면 문제가 되니…….”

힘없이 웃으며 말한 미란다 대장. 페리스와 테테루는 다급히 서로의 입을 손바닥으로 막고서 그대로 대장을 바라보며 고개를 끄덕였다.

“일단 장소를 바꾸죠. 여기는 사람들 눈이 있어서 위험해요.”

“제 저택으로 오시겠어요?”

자넷이 제안하자 미란다 대장은 몸서리쳤다.

“아니요, 그건 더 위험합니다. 마술사단장에게 들켰다간 잘리는 것으로 끝나지 않을 테니까요.”

“호, 혼나는 건가요……?”

페리스가 무서워하며 물었다.

“그야 당연히 어마어마한 벌이 기다리고 있겠죠. 구스타프 각하는 무능함과 적에게는 용서를 베풀지 않으니까요. 그러니 저희 집으로 안내하겠습니다.”

석조 건물이 비좁게 늘어선 주택가. 자넷의 저택이 있는 곳과는 다르게 거주자는 공무원과 병사가 많았고 급격한 언덕길과 벗겨져 떨어져 나가려 하는 돌길이 특징이었다. 그렇지만 슬럼처럼 황폐하지는 않아 근엄하고 우직해서 위압적인 분위기가 감돌았다.

미란다 대장이 문 하나로 다가가 다른 사람들을 불렀다.

“이쪽이에요. 남들이 보기 전에 서둘러 들어오세요.”

"와~! 실례할게요~!"

"여기가 바스테나 군인의 집인가?! 탐험이다~!"

"어째서 마중 나오는 메이드가 없죠?"

"아담하고 멋진 방이네."

소녀들은 떠들썩하게 안을 둘러보며 미란다 대장의 방으로 들어갔다.

"조, 조용히…… 조용히 해주세요."

미란다 대장은 안절부절못했다.

마술사단 본부보다는 안전하다지만 많은 방이 밀집된 건물에서 떠들면 아무래도 주목받기 쉽다. 마술사단장의 딸과 이전 마술사단장의 딸을 데리고 온 모습을 보이는 것은 그다지 좋은 일이 아니다.

혼자 사는 간소한 실내에 소녀들과 다니엘라, 미란다 대장이 들어가 숨을 돌린 뒤 간신히 이야기할 수 있는 상태가 됐다. 테테루와 페리스는 기운차게 뛰어다녔지만 미란다 대장이 단단한 치즈와 빵을 간식으로 주자 그것을 먹는 데 집중하느라 얌전해졌다. 마치 다람쥐 자매 같았다. 아가씨들과 다니엘라에게는 홍차를 내주었는데 이렇게 밋밋한 홍차는 처음이라는 솔직한 감상을 들었다.

미란다 대장은 명색이 대장이라 그다지 궁핍하게 살지는 않지만 사치를 좋아하지 않았다. 음식과 주거에 급여를 사용할 바에는 행상인에게서 희귀한 서적을 사들이는 편을 좋아했다.

"그래서 검은 마녀 말인데요……."

앨리시아가 얇은 방석에 어떻게든 편히 앉으려 고심하며 말을 꺼냈다. 미란다 대장은 방석을 추가로 그녀에게 건넸다.

“네. 우선 최신 조사 결과를 설명할게요. 마녀 일로 여러분께도 여러모로 도움을 받았으니 보고해야겠다고는 생각하고 있었어요.”

“마녀 씨가 어디에 있는지 아시나요?”

페리스는 기대감과 공포감에 조심스럽게 물었다.

“아니요, 거기까지는. 다만 검은 비의 마녀가 저주를 뿌리며 커스드 아이템으로 마력을 빨아들인 곳을 저희 부하가 자세히 조사해보니 흥미로운 공통점이 발견됐어요.”

“뭔데, 뭔데?”

테테루는 미란다 대장 쪽으로 몸을 내밀었다.

“사건이 있던 곳은 전부 대량의 지맥이 발생하거나 흐르고 있던 곳이었어요. 그 지맥은…… 예부터 결계를 유지하기 위해 왕도로 끌어들이고 있어요.”

“지맥 사냥꾼……!”

눈이 휘둥그레진 자넷. 바다 위에서 그 마법 생물과 벌였던 싸움은 잊으려 해도 잊을 수 없었다. 자칫 페리스와 자넷도 바다에 빠져 죽을 뻔했다.

“나쁜 예감이 드네…….”

앨리시아는 미간을 찌푸렸다.

“무슨 뜻이야……?”

고개를 갸웃한 테테루.

"그러니까 검은 비의 마녀는 커스드 아이템을 만드는 게 아니라 지맥을 소모해서 왕도의 결계를 약하게 하려는 건지도 모른다는 뜻이야."

"흐에에에에?!"

"왕도가 표적인 거야?!"

미란다 대장은 씁쓸한 얼굴로 끄덕였다.

"그럴 가능성이 커요. 그리고 과거 검은 비의 마녀가 집착하던 마도구 아르타마키아는 왕도에 봉인됐어요. ……그저 우연이라고 보기엔 너무 잘 맞아떨어져요."

다니엘라가 한숨을 쉬었다.

"그렇군. 여기저기서 일어난 뒤숭숭한 사건은 포석에 불과했다는 거로군. 가장 핵심이 되는 커다란 불꽃은 앞으로 펑 터질 거야."

"큰일이에요! 빨리 마도구가 있는 곳으로 가야 해요!"

"아르타마키아는 어디에 있죠?!"

페리스와 자넷은 다급히 미란다 대장에게 다가섰다.

"그게…… 지금 마술사단은 있는 곳을 몰라요."

"잃어버렸나요?"

"아니요, 설마요. 금서나 성유물처럼 우리 나라에 재앙을 가져올 위험이 있는 마술 관련 물건 대부분은 기사단이 관리하는 보물고에 봉인됐어요. 저도 궁금해서 조사해봤는데 마술사단 쪽 목록에 없는 걸 보면 아마 마도구 아르타마키아도 그럴 거예요."

앨리시아가 궁금한 점을 물었다.

"어째서 기사단이? 그런 건 마술사단의 전문 분야인 것 같은데요."

"그러니까 더욱 그렇죠. 기사단은 마술사의 탐구심을 두려워하고 있어요. 어쩌면 멸망을 초래하는 마도구를 일부러 보물고에서 꺼내 연구하는 마술사가 있을지도 모른다면서요. 그런 멍청한 마술사가 있을 리 없을 텐데요."

"그렇군요."

자넷은 그런 멍청한 마술사를 빤히 바라보며 이해했다. 미란다 대장이라면 저지르고도 남는다. 설령 금서 표지에 절대로 펼치지 말라고 적혀 있어도 기쁘게 펼칠 것이다.

"다시 말해 정치적인 문제예요. 마술사단과 기사단은 서로 견제하고 있으니까요. 궁정에서도, 전장에서도, 일이 끝난 뒤의 술집에서도."

"무시하고 싶어도 자꾸 시야에 들어오니까 성가신 라이벌이지."

다니엘라가 추억을 떠올리는 눈을 했다.

"곤란하게 됐군요. 기사단이 관리한다면 아버님께서 압력을 가해도 아르타마키아가 있는 곳은 알려주지 않을 테고……."

"오히려 괜히 고집부리면서 숨길 것 같네."

소녀들은 팔짱을 끼며 생각에 잠겼다. 페리스까지 앨리시아를 흉내 내며 아담한 팔을 꼬며 작은 이마에 주름이 잡힐 정도로 고민했다.

"그럼 내가 가볍게 녀석들을 찔러볼게."

"괜찮아요? 기사단에 돌아가기 힘들지 않나요?"

다니엘라의 제안에 앨리시아가 걱정했다. 이 여검사가 기사단을 뛰쳐나와 구덴베르트 가문의 호위가 됐을 때는 옛 직장에서 마찰이 있었다고 들었다. 기사단의 영웅이 은퇴한 마술사단장의 밑으로 들어가는 셈이니 당연하다면 당연한 일이다.

"괜찮아. 딱히 기사단 본부에 들어가지 않아도 돼. 높은 분들은 나를 좋게 보지 않을지도 모르지만, 지금도 옛 전우나 술친구는 잔뜩 있으니까."

다니엘라는 듬직하게 웃었다.

다니엘라가 기사단 정보를 조사하는 사이 할 수 있는 일이 없는 페리스 일행은 일단 라인츠리히 저택으로 돌아갔다.

테테루는 왕도를 산책한다며 창문(4층)에서 뛰어내렸고, 페리스는 지나치게 흥분했던 탓인지 낮잠. 앨리시아는 저택 서고에 틀어박혀 제집인 양 독서를 즐겼다.

라인츠리히의 귀중한 자료를 구덴베르트 사람이 건드리다니 전대미문이지만 자넷은 신경 쓸 여유가 없었다. 그 이유는 오늘에야말로 페리스의 조언을 따라 어떻게든 어머니와 친해지려 하기 때문이었다.

"……이걸로 완벽해요!"

자넷은 거울 앞에서 자신의 모습을 확인하고서 고개를 크게 끄덕였다.

마음에 드는 드레스를 입고서 마치 데이트에 나갈 때처럼 잔뜩 꾸몄다. 우선은 적어도 어머니가 귀엽다고 생각하셔야 한다. 가까이 있는 것이 불쾌하다고 여긴다면 어쩔 도리가 없다.

자넷은 긴장으로 굳어진 다리로 복도를 걸어 어머니의 방문을 살짝 열어 안을 들여다보았다. 실내에는 소파에 앉은 마르고트가 뜨개바늘로 무언가를 하고 있었다. 대귀족의 안주인이신 마르고트가 그런 하층민이 하는 작업을 하는 것이 신기했다.

"저기…… 어머님."

자넷이 말을 거니 마르고트는 깜짝 놀라 고개를 들고서 뜨개질 도구를 등 뒤로 숨겼다. 그리고는 눈을 부릅뜨며 자넷을 노려보며 불쾌한 듯이 답했다.

"……무슨 일이니?"

"잠깐…… 시간 괜찮으신가요?"

"보고 모르겠니? 나는 바쁘단다. 하지만 이야기 정도는 들어줄 테니 빨리 용건을 말하렴."

"긴한 일은 아니지만……."

자넷은 우물거렸다. 처음부터 엄격한 태도로 맞이하자 손톱만큼 있었던 용기가 시들었다. 아버지도 그렇지만 어머니와는 한층 더 무슨 이야기를 해야 좋을지 알 수 없었다. 가능하면 페리스 이야기를 하고 싶지만 성가셔할지도 모른다. 흥미 없다며 뿌리칠지도 모른다. 그렇지 않아도 자넷은 호의적인 상대조차 어떻게 대해야 좋을지 모른다.

"볼일도 없이 온 거니? 나를 놀리는 거니?"

"……."

마르고트의 말이 더욱 차가워지자 자넷은 주눅이 들었다.

이대로 도망치고 싶어졌지만 그럴 수는 없었다. 모처럼 페리스가 등을 밀어주었다. 꼭 안으면 반드시 친해질 수 있다고 보장해주었다. 페리스의 마음을 헛되이 할 수는 없다. 껴안는 것은 난이도가 지나치게 높긴 하지만.

"이, 이야기하고 싶었어요! 어머님과! 전에는 잔뜩 이야기했는데도 최근에는 그런 일이 전혀 없었으니까요! 제대로 모녀지간다운 일을 하고 싶고 함께 시간을 보내고 싶어요! 폐가 될지도 모르지만 저는, 저는……."

주먹을 굳게 쥐고서 거친 숨을 몰아쉬며 거침없이 말을 쏟았다. 심장이 두근두근 울렸다. 이렇게 솔직하게 마음을 전하는 일은 살아오면서 그다지 없었으니까. 타인에게 솔직한 호의를 거절당하는 것이 두려우니까.

"……."

그렇게 감정이 벅차오른 자넷을 마르고트는 말없이 바라보았다. 어머니의 표정에서는 그 속마음을 읽을 수 없었다.

"어, 어머님……?"

자넷이 조심스럽게 부르자 마르고트는 말없이 일어나 빠르게 방에서 걸어나갔다. 산뜻한 향수의 향기만이 방에 남았다.

"으으으으…… 안 됐어요……."

홀로 남겨진 자넷은 힘없이 고개를 숙였다. 열심히 했지만 어머니를 화나게 하고 말았다. 어떻게 하는 것이 정답이었는지 모르겠다. 응원해준 페리스에게 미안했고 마음을 잘 전하지 못한 자신이 한심했다.

자넷이 입술을 깨물며 방에 서 있을 때.

"……기다렸지."

샐쭉한 표정의 마르고트가 양복을 산더미처럼 안고서 돌아왔다. 무척이나 아름다운 형형색색의 드레스와 원피스, 귀여운 하이힐과 모자 등도 있었다. 전부 마르고트가 사용하기엔 너무 작아 어린아이용인 것 같았다.

"저, 저기…… 이건 뭔가요?"

자넷은 당황했다.

"네게 입히려고 사들인 거야. 기회가 없어서 말을 꺼내지 못했지만…… 옷을 갈아입는 파티라면 같이 있어 주마."

마르고트의 뺨이 붉었다. 부끄러워하는 걸까. 아니면 화내는 걸까. 자넷은 판단하기 어려웠지만.

"네! 무슨 일이든 기쁘게 함께 하겠어요!"

"그 말, 기억해두렴. 자, 빨리 벗어라, 벗어! 사들인 옷이 가볍게 백 벌은 될 테니까!"

"너무 많아요! 그리고 옷은 스스로 갈아입을 수 있어요!"

마르고트의 옷 갈아입히기 인형이 된 자넷은 부끄러움과 기쁨으로 당황했다. 이것도 페리스 덕분이라고 생각하면 가슴이 뜨거워졌다. 언젠가 페리스에게 꼭 사례해야 한다. 반드시.

다니엘라가 조사에서 돌아온 것은 다음 날 태양이 정점까지 올랐을 무렵이었다. 라인츠리히 저택을 이용할 수 없어서 페리스 일행은 미란다 대장의 집에서 보고를 받았다.

혼자 사는 좁은 방에서 다니엘라와 합류한 테테루는 곧바로 손바닥으로 코를 가렸다. 나비라 족의 예민한 후각이 자극을 받은 것이다.

"다니엘라, 너무 마셨어! 숙취?!"

"뭐…… 그렇지. 오랜만이다 보니 놓아주질 않아서……."

다니엘라는 힘없이 관자놀이를 누르며 심각한 두통을 참았다. 기사단 현역 시절에는 밤새도록 술을 마시는 일은 별것 아니었지만 지나치게 건전한 귀족의 호위 생활로 술이 약해진 듯했다. 저택에서 주어지는 식사는 유명 요리사가 영양에 신경 써 계산된 것을 주고 비번이라는 것이 거의 없으니 잔뜩 취할 수도 없다.

"어쩐지…… 어질어질해요……."

"아앗! 페리스가 또 술 냄새로 취했어요!"

"숙취가 옮는 거였던가?!"

얼굴을 붉히고 비틀거리기 시작한 페리스를 다른 소녀들이 잡아주었다. 마법 내성은 무한인데도 술 내성은 지극히 낮다.

다니엘라는 탁자에 손을 딛고서 숨을 내쉬었다.

"하지만 정보는 확실히 손에 넣었어. 마도구 아르타마키아가 봉인된 보물고 말인데, 기사단도 최근 상당히 엄중히 감시하는 모양이야."

앨리시아가 턱에 손을 짚었다.

"기사단도 우리와 같은 생각이라는 건가……? 검은 비의 마녀가 마도구를 노리고 찾아올지도 모르니 매복하려는 건가?"

"매복이라고까지는 할 수 없지만 만약을 위한 경계라더군. 상층부의 결정이래."

다니엘라의 말에 미란다 대장이 끄덕였다.

"마술사단도 검은 비의 마녀가 습격할 것을 예상하고 있고, 조사 결과를 바탕으로 끌어낼 수 있는 타당한 판단이네요. 여러분도 같은 결론에 도달한 건 놀랐지만요."

"에헤헤, 앨리시아 씨가 생각했어요! 앨리시아 씨는 굉장해요!"

페리스는 작은 가슴을 펴며 자기 일처럼 자랑했다.

"앨리시아 님이……. 역시나 로버트 각하의 따님이네요."

미란다 대장이 감탄했다.

"대단한 일이 아니에요. 사소한 추리죠."

앨리시아는 조심스럽게 어깨를 움츠리면서도 조금 기쁜 듯했다.

"아니요, 데이터가 있는 군부라면 몰라도 그쪽에는 일반적인 문헌밖에 정보가 없으니까요. 거기서 추리하는 건 어려울 겁니다."

"어려워요!"

페리스는 앨리시아에게 존경의 눈빛을 보냈다. 무엇이 어려운지는 잘 모르겠지만 어엿한 어른에게서 이렇게 칭찬받는 소녀가 자신의 친구인 것이 자랑스러웠다.

그런 페리스의 시선에 자넷이 초조해졌다.

"저, 저도! 시간만 있다면 같은 것을 떠올렸을 거예요! 분명 그럴 거라고요!"

강하게 주장하면서도 내심 앨리시아의 묘한 관찰력이나 분석력에는 이길 수 없을지도 모르겠다고도 생각했다. 하지만 라인츠리히가 구덴베르트에게 패배를 인정할 수는 없다. 특히나 페리스 앞에서는.

미란다 대장이 미소 지었다.

"지금 마술사단장은 시커멓다느니 귀신이라느니 악마라고 불리지만 따님인 자넷 님께선 무척 귀여우시네요!"

"무, 무슨…… 노, 놀리지 마시어요!"

"놀린 게 아니에요, 솔직한 감상입니다."

"으으……."

자넷은 뺨을 새빨갛게 불태우며 물러났다. 다른 사람이 칭찬받는 것은 분하지만 막상 자신을 칭찬하면 부끄럽다. 복잡한 소녀의 심정이다.

"그래서 마도구는 어디에 있어?"

테테루가 다니엘라에게 물었다.

"가장 경비하기 편한 곳. 기사단 본부의 부지 안에 있는 보물고야."

"그렇군요. 거기라면 항상 정예 부대가 있으니 긴급 사태에도 대응하기 쉽겠네요. 왕궁에 가까운 게 걱정이지만……."

미란다 대장이 속삭이며 고개를 숙였다.

"정보 고맙습니다. 마술사단 쪽에서도 주변을 경계해둘게요."

다니엘라가 얼굴을 찡그렸다.

"하는 건 상관없는데 들키지 않도록 부탁해. 내가 기사단의 정보를 흘렸다는 게 들키면 성가셔지니까."

"네, 그야 물론이죠."

마술사단장 구스타프에게는 보고해야 하겠지만 미란다 대장은 정보를 제공하는 범위는 최소한으로 억누르자고 생각했다.

미란다 대장이 이끄는 조사 부대는 마술사단의 중요 기관이다. 다른 부대와는 '연대하지 않고' 행동하는 권리를 인정받고 있으며 예산도 독자적으로 움직인다. 기밀을 다루는 부서라는 특수성 때문에 미란다 대장의 폭주도 허용되는 측면이 있다. 별난 사람이라며 동료들이 꺼리기도 하지만 사실 우수한 인재다.

미란다 대장은 소녀들을 둘러보았다.

"우리 나라가 자랑하는 마술사단과 기사단이 감시하고 있으니 보물고 쪽은 걱정할 필요 없어요. 여러분은 여기서 이러지 말고 왕도 관광을 즐기다 돌아가신다면……."

"안 돼요!"

페리스가 목소리를 높였다. 주먹을 꽉 쥐고서 조심스럽지만 열심히 호소했다.

"저는 열심히 하자고 마음먹고 왕도로 왔어요! 그러기 위해 앨리시아 씨와 자넷 씨와 테테루 씨에게도 억지를 부려 신세를 지고……."

"신세가 아니야. 왕도는 엄청 즐거우니까!"

"그래, 페리스. 우리는 널 응원하는 걸 좋아하거든."

"우리라니 무슨 말인가요?!"

"자넷도 마찬가지지?"

"그, 그건 그렇지만……."

얼굴이 붉어진 자넷. 자상한 친구들이 곁에 있으니 페리스도 용기를 냈다. 미란다 대장의 얼굴을 똑바로 바라보며 자신의 생각을 말했다.

"그러니까 검은 비의 마녀 씨를 붙잡을 때까지 돌아가고 싶지 않아요! 아직 더 힘내고 싶어요! 위험할지도 모르지만 조심할게요! 기사단과 마술사단의 방해가 되지 않도록 구석에 있을게요!"

"페리스……."

미란다 대장은 가만히 페리스를 바라보았다. 만났을 때는 연약한 인상이 두드러지던 어린아이였지만 지금은 무언가 달랐다. 책임감이 싹트고 있다고 할지, 조금씩이지만 확실하게 마음이 성장했다.

"……물론 페리스가 도와준다면 든든하죠. 다만 아직 어린아이에게만 기대는 것도 좋지 않아요. 페리스는 물론 이 나라에도."

"이 나라에……?"

페리스는 어리둥절하자 다니엘라가 쓴웃음을 지었다.

"뭐, 알 것 같네. 이런 어린애에게 전부 짊어지게 하는 건 아무리 강하다 해도 내키지 않아. 어른이 게으른 것 같으니까."

미란다 대장은 멋쩍은 듯이 뺨을 긁적였다.

"네. 하지만 페리스가 그렇게까지 말한다면 저도 전면적으로 도와줄 겁니다. 그 대신 조건이 있는데……."

"뭔가요?"

자넷이 경계했다.

"여러분만 돌아다니다 기사단이나 마술사단 눈에 띄면 성가셔질 거예요. 보물고 근처에서 잠복할 거라면 저도 동행하게 해주세요. ……저도 페리스의 힘을 가까이서 조사하고 싶으니까요."

한마디를 덧붙인 미란다 대장의 눈이 번뜩였다. 소녀들을 무난하게 돌려보려던 때의 어른스러운 얼굴이 아니었다.

기사단 본부는 강인한 바위와 돌로 만들어진 난공불락의 요새가 떠오르는 건물이었다.

부지를 빙 감싸는 외벽에는 외적을 확인하기 위한 구멍이 있었고, 옥상에는 높은 전망대가 있었다. 맨손으로는 미동도 하지 않을 정도로 두꺼운 강철 대문도 온몸을 무거운 무장으로 감싼 경비병도 왕도를 지키는 기사단의 이름에 어울리는 박력이었다.

이런 사람들과 별로 인연이 없었던 페리스 일행은 그늘진 곳에서 조심스럽게 기사단 본부를 살폈다. 마법 학교는 서적과 홍차 향기로 가득했지만 기사단 건물에서 풍기는 것은 피와 땀, 쇠 냄새였다.

자넷이 꿀꺽 침을 삼켰다.

"여기서…… 어떻게 기사단에 숨어 들어갈 거죠?"

"수, 숨어 들어가나요……? 혼나지는 않을까요……?"

페리스도 꿀꺽 침을 삼켰다.

"정면 돌파밖에 없지! 일단 내가 문지기를 날려버릴 테니까 나오는 기사들을 너희가 날려버려 줘!"

테테루가 척척 지시를 내렸다. 그 모습을 본 미란다 대장은 다급히 손을 저었다.

"어째서 침입하려는 건가요! 그런 모습을 들켰다간 마술사단과 기사단이 전면 전쟁을 벌일 거라고요!"

"마법 학교도 마술사단과 관계가 깊으니 학생인 우리가 붙잡히면 문제가 되겠네."

생각에 잠긴 앨리시아에게 미란다 대장이 끄덕였다.

"그래요. 어디까지나 밖에서 몰래! 몰래 부탁드려요…… 부탁이니까."

절실한 애원이었다. 애초에 마술사단의 중역 두 사람의 딸과 마술사단장이 은폐 공작을 한 중요 인물 페리스를 데리고 이곳에 있는 시점에 미란다 대장이 느끼는 부담은 어마어마했다.

"……댁도 참 큰일이네."

다니엘라는 미란다 대장을 동정했다. 너무나도 무모한 아이들이라 돌보는 쪽은 버티기가 어렵다. 다니엘라도 어린 시절 비슷하게 행동했으니 페리스 일행만을 비난할 수 없지만.

앨리시아가 기운을 북돋웠다.

"그럼 잠복하자! 용의자가 현장에 모습을 드러낼 때까지 며칠이든 몇 주든, 어떤 악천후라도 감시해야지! 이건 용의자와의 정신력 승부이자 생명과 생명의 격돌이라고 들었어!"

"앨리시아 씨……."

앨리시아가 이상하게 말이 많아지자 페리스는 어리둥절했다.

"우선 보존하기 좋은 휴대 음식을 잔뜩 마련하자. 그리고 밤을 대비해 방한 도구를. 조명 마술을 사용하면 용의자에게 들킬 테니 빛을 조절할 수 있는 램프와 뒤덮을 것도 필요해. 잘 준비해둬야지!"

"앨리시아…… 씨……?"

유난히 들뜬 앨리시아에게 페리스는 눈을 깜박였다.

자넷이 한숨을 쉬었다.

"앨리시아는 이런 걸 좋아하죠. 입학했을 땐 교실에서 탐정 소설만 읽고 있었으니까요."

"그런 시기도…… 있었지."

앨리시아는 멋쩍은 듯이 고개를 숙였다. 그러자 다니엘라가 말을 덧붙였다.

"우리 저택에는 지금도 아씨가 산 모자와 파이프 담배 탐정 세트가 있지. 그리고 무섭게도…… 나는 저번에 보고 말았어. 아씨가 자신의 방에서 탐정 세트를 입고서 아무도 없는데도 밤새도록 추리를 피로하는 모습을!"

"다니엘라! 기밀 정보를 간단히 누설하는 건 좋지 않잖아요!"

얼굴을 붉힌 앨리시아. 페리스는 고개를 살짝 갸웃했다.

"탐정이 뭔가요?"

"자유로워진 고양이를 쫓거나 타인의 집을 엿보고 다는 사람이어요."

"나쁜 사람이에요!"

"아니야! 의문의 사건을 합리적이면서도 총명하게 해결하는 직업이야!"

"여전하시네요……."

자넷은 쓴웃음 지었다. 기본적으로 이 라이벌은 어른스럽고 담담한 소녀지만, 군데군데 나이에 어울리는 부분이 있다. 입학 초기, 아니 그것보다 훨씬 전부터 알고 지낸 자넷은 앨리시아를 누구보다도 잘 안다.

"그럼 준비를 마친 뒤 다시 집합하죠. 부디 섣부른 행동은 하지 않게 주의해주세요."

마술사단에서 가장 섣부른 병사로 유명한 미란다 대장이 그렇게 주의를 주었다.

기사단 본부 앞에서 잠복한 지 사흘. 의기양양하게 검은 비의 마녀가 출현하기를 기다리던 페리스 일행은 지금…… 죽어가고 있었다.

"히, 힘들어요……. 푹신한 침대에서 자고 싶어요……. 적어도 의자에 앉고 싶네요……."

자넷은 덤불 뒤에 주저앉아 약한 소리를 했다. 몸이 힘없이 좌우로 흔들리는 것이 당장에라도 쓰러질 것만 같았다.

"앨리시아 씨, 앨리시아 씨! 땅도 제법 괜찮아요! 누울 수 있어요! 보세요, 보세요!"

페리스는 이미 익숙하게 땅바닥을 굴렀다. 본디 마석 광산에서 야숙하던 몸, 문명사회의 규칙을 버리는 것에 주저는 없다.

"페리스…… 마음은 알겠지만 옷이 진흙투성이잖니."

앨리시아는 그렇게 타일렀지만 페리스를 안아 일으킬 여유도 없었다. 오랜 시간 감시하느라 체력과 집중력도 한계였다. 제아무리 마술에 익숙한 소녀들이라지만 역시 그 몸은 아직 어리다. 강한 햇살과 비바람을 맞으며 잠복하는 것은 무리가 있었다.

하지만.

"저기, 저기, 심심한데 왕도를 한 바퀴 뛰고 와도 될까?! 5분만 있다가 돌아올게!"

테테루만큼은 기운찼다. 오히려 마법 학교에 있을 때보다 기운찼다. 뼛속까지 야외 활동파인 테테루에게는 교실에 갇히는 편이 더 피곤하다.

과혹한 임무에 익숙한 군인인 미란다 대장과 다니엘라는 소녀들의 몸을 걱정했다.

"한 번 저택으로 돌아가는 편이……. 여러분께 무슨 일이 생기면 저도 마술사단에서 난리가 날 테고……."

"나도 아씨와 페리스가 지나치게 무리했다간 로버트 씨에게 혼날 거야. 적당히 하고 철수해줘."

"하, 하지만 쉬는 동안 검은 비의 마녀 씨가 온다면……."

페리스는 주저했다. 자신 탓에 왕도까지 큰일이 닥치는 일만큼은 피하고 싶었다. 만에 하나 그런 사태가 벌어지면 페리스는 자신을 용서할 수 없을 것이다.

"페리스가 남겠다면 저도 남겠어요! 청소든 공부든 뭐든 남아서 하겠어요! 저는 페리스의 수호천사니까요!"

과로로 혼란에 빠지기 시작한 자넷.

"시궁쥐 버건디와 레이디 와일드도 이 고통을 견디고 사건을 해결했어……. 내가 질 수는 없어."

수많은 명탐정을 떠올리며 용기를 내는 앨리시아.

"정말로 무리하지 말라니까요! 저와 다니엘라가 대신 여기에 있을 테니까요! 아가씨들은 적어도 목욕 정도는 하라고요!"

"목욕…………?"

앨리시아와 자넷이 움찔 반응했다. 무시할 수 없는 단어였다. 잠복하는 사흘 동안 제대로 된 생활을 보내지 못했다. 미란다 대장의 말에 담긴 숨겨진 메시지가 건드려선 안 되는 급소를 찔렀다.

"그, 그렇지…… 슬슬 목욕하지 않으면……."

"그럼 두 분께 부탁드릴게요……. 옷도 갈아입어야……."

동요하는 귀족 아가씨들에게 테테루가 입술을 삐죽 내밀었다.

"뭐? 목욕은 평생 한 번이면 족하잖아!"

"그건 너무 적다고요!"

"짐승은 목욕 안 하는데!"

"인간은 짐승이 아니어요!"

페리스가 조심스럽게 거들었다.

"저도 앨리시아 씨를 만날 때까지 해본 적 없었는데요……."

"페리스는 제가 보호하겠어요!"

자넷이 울먹였다.

결국 소녀들은 일단 저택으로 돌아가고자 기사단 본부 앞을 떠났다. 아직 체력이 남은 테테루를 선두로 길가를 걸었다.

한동안 몸단장을 할 겨를이 없었기에 앨리시아와 자넷은 지나가는 사람들의 시선이 따갑게 느껴져 눈에 잘 띄지 않는 길을 골라 걸었다. 페리스는 잠복에 미련이 남으면서도 오랜만에 저택에서 쉬게 된 것에 조금은 안도했다.

그때 금속이 격렬하게 마찰하는 듯한 기묘한 소리가 주변에 울렸다. 아니, 금속이 아니다. 공기와 공기가 맞부딪혀 파괴를 일으키는 날카로운 소리였다.

소녀들은 깜짝 놀라 멈췄다.

"지, 지금 소리는……?"

자넷이 주변을 둘러보았다.

"으으…… 귀 아파……."

청각이 뛰어난 테테루는 얼굴을 찡그리며 귀를 막았다.

"들렸죠……?"

페리스는 당황하며 멈춰 섰지만 다른 사람들은 소리를 들은 것 같지 않았다. 아무런 반응도 보이지 않고 평온하게 웃으며 제 갈 길을 갔다.

그들은 공간 그 자체에 팽배해진 긴장감, 영혼이 저릿한 압박감을 느끼지 못한 것이다. 확연하게 이상한 기척이 감도는데 평소처럼 일상이 이어지는 도시의 모습에 페리스는 무척이나 위화감이 들었다.

"대체 뭐가……."

앨리시아가 속삭인 직후.

푸르른 왕도의 상공에서 검은 탁류가 내려왔다. 하늘이 녹아내리는 것만 같은 광경. 어둠에 포함된 칠흑의 입자가 불길하게 반짝이며 굉음과 함께 소용돌이쳐 도시를 습격했다. 도시를 감싸고 집을 부수며 사람들을 빨아들였다.

"이, 이건 뭔가요?!"
"어두워서 안 보여!"
"앨리시아 씨! 자넷 씨! 테테루 씨이이!"
"여기야! 페리스!"
소녀들은 완벽하게 시야를 빼앗겨 서로의 몸을 꼭 붙들며 비명을 질렀다.

제22장 『어둠 속에서』

도시는 완벽히 어둠에 휩싸였다. 그것도 평범한 어둠이 아니다. 별도 보이지 않고 어스름한 구름도 보이지 않고 약간의 촛불의 빛도 존재하지 않는, 진정한 어둠이었다.

본래 밤이어도 자신의 손바닥 정도는 보일 터인데 아무것도 판별할 수 없었다. 친구들의 존재조차 의심스러운 상황에서 페리스는 몸을 웅크리고 겁에 질렸다.

"……으……으……으……!"

"페리스……?"

제대로 말도 못 하고 덜덜 떠는 페리스에게 앨리시아가 걱정스러운 목소리로 말을 걸었다.

"죄, 죄송해요…… 손을 잡아주시면 고맙겠는데요……."

"물론 상관없지. 떨어지면 큰일이니까."

"저, 저도 잡아드리겠어요!"

앨리시아와 자넷이 손을 잡자 그 부드러운 감촉 덕분에 페리스는 조금이지만 마음이 진정됐다. 이 어둠 속에 있는 것이 자신만이 아니라고 믿을 수 있었다.

"무슨 일이 일어난 걸까?"

테테루의 목소리도 바로 옆에서 들렸다.

"분명 검은 비의 마녀가 한 짓이어요!"

"확실히는 모르겠지만 안전한 곳까지 피난하는 편이 좋겠어. 페리스 설 수 있겠니?"

"네……."

페리스는 무서워서 참을 수 없었지만 가만히 있을 수는 없었다. 이 기묘한 현상이 검은 비의 마녀가 한 짓이라면 서둘러 시야를 확보해 상황을 정비해야 한다.

앨리시아가 조명 마술의 언령을 읊었다.

"여명의 빛이여, 만물의 근원인 청정한 빛이여, 내가 가는 길을 비춰라…… 브라이트."

지팡이 끝에서 마법의 빛이 떠올랐지만 이내 어둠에 떠밀려 사라졌다. 다시 한번 시도해보지만 결과는 마찬가지였다. 빛이 어둠을 이기지 못했다.

"……어째서?"

"결계가 쳐진 건지도 모르겠네……."

앨리시아가 한숨을 쉬었다.

"무리해서 걸으면 다칠지도 모르겠네요. 왕도에는 수로도 있으니까요."

"지형을 암기해뒀어야 했지만…… 이런 일이 벌어질 줄은 몰랐어."

"어떡하지……."

침울해진 소녀들. 그러자 테테루가 주저앉아 코를 킁킁거렸다.

"킁킁…… 킁킁킁…… 응, 괜찮아! 냄새로 길을 알 수 있어!"

"농담할 때가 아니라고요!"

"농담 아니야, 진짜라고. 풀 냄새가 나는 쪽으로 걸으면 왕도 바깥으로 나갈 수 있고 물 냄새를 피하면 수로에 떨어지지 않을 거야. 새카마니까 냄새에 집중하기도 쉽고!"

"테테루 씨, 굉장해요."

"놀랍네."

야생적인 것도 이만한 수준이면 예술이다. 앨리시아가 테테루의 옷을 붙잡고 테테루가 다른 소녀들을 이끌며 네 사람은 어둠 속을 걸었다.

몇 번이고 무언가에 발이 걸려 넘어질 것 같았지만, 서로를 지탱하며 중심을 잡았다. 물컹한 것을 밟았을 때는 불쾌한 기분이 들었지만 멈춰 있을 수는 없다. 애초에 멈추는 것이 더 무섭다. 여기저기서 사람들의 비명이 들려 현실이 아닌 사후 세계로 말려든 기분이었다. 비틀거리며 언덕길을 올라 돌바닥의 울퉁불퉁한 느낌을 신발 바닥으로 느끼며 풀을 밟는 소리를 들었다.

얼마 지나 결계와 같은 곳을 지나는 느낌이 들더니 시야가 열렸다.

언덕길, 완만한 언덕, 그리고 널찍한 초원. 트레이유에서 왕도로 올 때 봤던 풍경이었다. 먼저 탈출했는지 제법 많은 주민이 서 있었다.

주민들은 멍하니 페리스 일행의 뒤를 바라보았다. 그 시선을 따라 네 소녀도 자신들이 온 길을 돌아보았다.

"어……?"
"이게…… 뭔가요……."
"우와, 새까매!"
"흐에에에에?!"
페리스 일행도 마찬가지로 떡하니 입을 벌렸다.
왕도 프로스페로. 그 위대한 도시가 있었던 곳, 아득해질 정도로 광대한 범위를 시커먼 덩어리가 뒤덮고 있었다.
칠흑의 거대 덩어리. 어쩌면 산, 혹은 형태를 지닌 짙은 안개. 모든 것이 어둠으로 채워져 도시 안이 보이지 않았다. 견고한 문도 화려한 도로도 수려한 궁정도 그 모습이 사라졌다. 그것은 마치 왕도에만 밤이 찾아온 것만 같았다. 만물을 침묵시키는 절대적인 밤이.
"여러분! 무사하셨군요!"
조금 떨어진 평야에서 미란다 대장이 헐떡이며 달려왔다. 여기저기에 멍이 생겼지만 딱히 심각한 외상은 없었다.
"미란다 씨도 무사해서 다행이에요!"
재회를 기뻐하는 페리스.
"다니엘라는요?!"
"조사대 편성을 도와주고 있어요!"
앨리시아의 질문에 미란다 대장이 답했다.
"대체 어떻게 된 일인가요?"
페리스 일행은 미란다 대장을 둘러쌌다. 이제야 든든한…… 든든한지는 모르겠지만 자신들보다 몇 배는 경험이 많은 어른과 합류해 조금이지만 안도했다.

"마법 연구소 학자가 원인을 밝히는 중이에요! 지금은 그보다 서둘러 해결해야 하는 문제가 있어요! 일단 여러분은 되도록 왕도에서 멀어져 주세요! 가능하다면 학교로 돌아갔으면 좋겠지만 이동 수단도 없으니……."

"문제……가 뭔가요?"

"앗."

미란다 대장은 손으로 입을 막았다. 허리 뒤로 손을 맞잡고서 어색하게 시선을 돌렸다.

"아, 아무것도 아니에요~."

어색한 말. 부자연스러운 휘파람이 엉뚱하게도 아름다웠다.

"말하지 않으면 아버님께 말하겠어요, 미란다 대장의 이런저런 비밀을."

"히익! 용서해주세요! 그것만큼은 용서를!"

미란다 대장은 자넷 앞에 무릎을 꿇었다. 연장자의 자존심은 어디로 갔는지 모르겠다.

"어른을 무릎 꿇리다니! 역시 자넷이야!"

"자넷 씨…… 대단해요……."

페리스는 칭찬하면서도 꺼림칙해 했다.

"제가 시킨 게 아니라고요! 무릎 꿇지 않아도 돼요! 그것보다 그 문제라는 걸 알려주시어요!"

자넷은 얼굴을 붉히며 미란다 대장에게 쏘아붙였다.

"그, 그게 말이죠……. 왕족분들은 대부분 왕도를 탈출하셨지만 공주님만 아직 보이지 않아서……."

"공주님이라면…… 우리하고 비슷한 나이였지?"

"무척 아름다운 분이셔요! 괜찮은 건가요?!"

창백해진 자넷. 프로스페로 왕가의 공주와는 계속 친해지고 싶었던 동경의 대상이었다. 인품도 좋아서 사교계에서는 많은 귀족의 사랑을 받았다.

미란다 대장은 거북한 듯이 손을 맞잡았다.

"괘, 괜찮을지 저로서는……. 그, 그 공주님을 찾으러 왕도로 들어간 마술사단장님까지 돌아오시지 않아서……."

"아버님께서?! 차, 찾으러 가야 해요!"

자넷은 다급히 왕도 쪽으로 달렸다.

"기다리세요! 지금 탈출한 병력으로 조사대를 편성하고 있어요! 아가씨들은 안전한 곳으로 가세요!"

"얌전히 있을 수 없잖아요!"

미란다 대장의 제지도 허무하게 자넷의 모습이 어둠 속으로 사라졌다.

"그럼 나도 갈게! 미아가 된다고!"

테테루도 자넷의 뒤를 쫓았다.

"……애, 앨리시아 씨."

"……그래."

페리스와 앨리시아는 고개를 끄덕이며 전속력으로 달렸다.

손을 맞잡고 왕도로 돌입한 뒤 벽과 가로수로 보이는 것을 더듬으며 어둠 속을 나아갔다. 조명 마술은 통하지 않고 테테루와는 떨어지고 말아 자신의 감에 기댈 수밖에 없었다. 그것은 간담이 서늘해질 정도의 공포였지만 물러설 수는 없었다.

"자넷 씨는 어디로 갔을까요……."

"빨리 찾아내지 않으면 위험해. 혼자서는 무슨 짓을 저지를지 모르니까."

앨리시아가 친구를 걱정하니 가까이서 분한 목소리가 들렸다.

"무슨 짓을 저지를지 모른다니 실례로군요! 저는 언제든 현명하고 총명한 일밖에 하지 않는다고요!"

자넷의 목소리였다. 페리스와 앨리시아는 곧장 멈췄다.

"자넷 씨?! 어디에 계세요?!"

"여기에요!"

"여기……? 어머? 뭔가 발밑에 따뜻한 게……?"

"그게 저라고요!"

"어째서 지면에 웅크리고 있어?"

"너, 너무 돌아다니면 위험하다고 판단했기 때문이어요."

"어째서 벌벌 떨고 있어?"

"추추추춥기 때문이어요!"

"화, 확실히 현명하고 총명하네……."

"어째서 웃는 건가요?!"

자넷은 부끄러워 뺨을 붉혔지만 다행이라고 해야 할지 주변이 어두워 친구들에게는 붉어진 얼굴이 보이지 않는다.

"자, 자넷 씨, 손을 잡아도 될까요? 미아가 되면 큰일이니까……."

“그러네, 자넷이 미아가 되면 큰일이야.”

“저는 미아가 되지 않아요! 하지만 페리스가 바란다면 잡아드리겠어요!”

“음, 이게 자넷 씨의 손……인가요? 어쩐지 무척 부드러운데요. 말랑말랑해요!”

페리스는 주저앉아 자넷을 처덕처덕 만졌다.

“꺄?! 그건 손이 아니라 가슴이어요!”

자넷은 더욱 얼굴을 붉혔지만 역시 아무에게도 보이지 않았다.

세 사람은 갈팡질팡하면서도 어떻게든 손을 맞잡고 걸었다. 그러나 눈에 아무것도 보이지 않으니 잇달아서 여기저기 부딪쳤다. 몇 번이고 넘어질 것 같아 다른 두 사람이 다급히 붙잡아주고, 몇 번이고 셋이 함께 벽에 충돌했다.

10분 정도 걸었을 무렵에는 페리스와 앨리시아, 자넷도 엉망이 되었다.

“으으…… 아파요…….”

“어머님께 받은 옷이 찢어졌어요…….”

“이 미끌미끌한 건 뭘까?”

“꺄?! 제 손에 올리지 마시어요!”

“자넷이 확인해줬으면 좋겠어.”

“제가 먹어서 확인해볼게요!”

“정체를 알 수 없는 걸 먹으면 안 돼요!”

말 그대로 한 치 앞을 내다볼 수 없는 상황. 언제 높은 곳에서 떨어질지 모르니 항상 촉감과 청각에 주의해야 하기에 기력 소모도

심했다.

그때 어둠 속이라고는 생각되지 않을 정도로 주저 없이 달려오는 소리가 들렸다.

"아, 다들 여기 있었구나! 아직 이런 곳에 있었네! 더 멀리 갔을 줄 알고 안쪽을 찾고 있었어!"

근심 없이 활발한 목소리. 건강하게 다부진 몸이 페리스에게 달려들었다.

"테테루 씨예요!"

"다행이야……."

페리스 일행은 안도의 한숨을 쉬었다. 테테루가 무사해 기쁜 것은 물론이지만, 그녀가 있으면 듬직하다는 마음이 강했다.

"공주님과 아버님이 있는 곳을 냄새로 알 수 있나요?"

"음, 공주님은 만나 본 적 없으니까 냄새를 몰라. 자넷 아버지는 저녁 먹을 때 만났지만 밥에 열중하느라 냄새를 기억하지 못하고……."

"그렇군요. 냄새를 기억하게 했어야 했는데……."

어금니를 깨문 자넷. 앨리시아는 자넷의 말이 마치 개를 조련시키지 못해 후회하는 것 같았지만, 실제로 개와 비슷한 능력이니 어쩔 수 없었다.

"이 어둠 속을 무턱대고 찾아도 찾을 수 없겠지."

"뭔가 주변을 볼 방법이 없을까요……."

페리스가 곤란해 하자 돌연 눈앞에서 엄청난 열파가 생겨나 불꽃 덩어리가 나타났다. 평범한 불꽃이 아니었다. 날개가 자란 인간의 모습에 새까만 눈동자와 입도 있었다. 범상치 않은 이형, 파괴의 화신. 강렬한 마력이 공간을 일그러뜨려 돌로 된 바닥에 균열이 일었다.

"꺄아아아아아악?!"

"뭔가요?!"

엉덩방아를 찧은 페리스와 움츠러든 자넷. 방금까지 아무것도 보이지 않았는데 갑자기 불꽃이 나타났으니 그 불빛에 눈이 부셨다.

"뭔가 나왔어! 굉장해~! 멋있다~!"

테테루는 눈을 반짝였다.

"페리스의 소환수구나. 레비아탄이라고 했던가."

"호오, 기억하고 계셨군요. 인간치고는 좋은 기억력을 지닌 모양입니다."

말투는 정중하지만 오만해 보이는 웃음.

"아, 레, 레비아탄 씨. 오랜만이에요."

"오랜만이옵니다, 여왕님."

레비아탄은 페리스에게 정중히 인사했다. 여전히 페리스와 다른 사람을 대하는 태도의 차이가 크다.

"이, 이게 소환수……? 어째서 페리스를 여왕이라고 부르는 거죠……?"

처음 본 전설의 화신에 자넷의 눈이 휘둥그레졌다. 레비아탄은 그 말을 들었는지 어떤지 딱히 대답하려 하지 않고 페리스에게 알렸다.

"여왕님. 곤란하시다면 제 힘을 사용해주십시오."
"어? 주변을 밝게 할 수 있나요?!"
"네, 물론 가능하고말고요. 제 불꽃은 게헨나의 불꽃. 산 자가 죽음에 대항할 수 없는 것과 마찬가지로 어떠한 마술의 어둠이라 해도 제 불꽃을 지울 수는 없습니다."
"……정말이야. 등불도 조명 마술도 쓸 수 없는데 레비아탄의 불꽃은 제대로 보여……."
앨리시아는 감탄했다. 어떤 옛 마술이 사용되는 것인지, 아니면 마술을 초월한 존재인지는 모르겠지만 소환수의 힘은 엄청났다. 그 구조를 알아내고 싶지만 느긋하게 이야기를 나눌 때가 아니고, 설령 시간이 있다 해도 소환수는 질문에 제대로 답해주지 않을 것이다.
"그, 그럼 부탁드려요!"
페리스가 고개를 숙이자 레비아탄은 입가를 끌어올렸다.
"맡겨주십시오. 곧바로 이 부정한 도시를 불바다로 만들어 보이겠습니다."
"불바다는 안 돼요오오오!"
바들바들 떠는 페리스.
"그렇다면 주민만이라도."
"주민은 특히 안 돼요!"
"절반만 하겠습니다."
"절반도 안 돼요! 부탁이니까 용서해주세요!"
필사적이었다. 레비아탄은 유쾌한 듯이 웃었다.

"어쩔 수 없군요. 여왕님께서 그렇게 말씀하신다면야. 그럼 제가 이대로 조명 역할을 맡겠습니다."

불꽃의 몸을 흔들며 소녀들의 앞에 서서 나아가기 시작했다. 항상 고열이 뿜어지는 것이 조금 성가셨지만, 소환수에게서 뿜어진 빛이 건물 윤곽선을 비추었다. 그것만으로도 새카만 어둠이랑은 안심할 수 있는 느낌이 전혀 달랐다.

"편리한 랜턴이다."

"전투 능력도 높고, 훌륭하군요."

"한 집에 하나 있으면 좋겠네."

"반짝반짝해요!"

소녀들이 칭찬을 보내자.

"……이해할 수 없군요."

흉포한 소환수는 무언가를 말하고 싶은 모습으로 천천히 걸었다. 적으로 삼으면 무섭지만 아군이 되어준다면 이만큼 듬직한 마법 생물도 없다. 앨리시아는 그런 이형의 존재가 모시는 페리스의 정체는 대체 무엇일까 생각했다.

레비아탄이라는 이름의 횃불 덕분에 주변 경치는 어느 정도 보이게 됐지만, 역시 왕도 전체를 둘러보는 것은 어려웠다. 안개처럼 자욱한 어둠은 농밀하고 끈적하게 고여서 폐에 엉겨 붙는 느낌이었다. 어둠 너머에서는 무언가가 신음하는 것 같기도, 중얼거리는 것 같기도 한 기분 나쁜 소리가 띄엄띄엄 들렸다. 그것도 한 방향에서가 아니라 사방팔방에서.

"이, 이 소리는 뭘까요……?"

"마물일까?"
"조금 다른 것 같네. 원혼인가……?"
"그런 말은 마시라고요!"
소녀들은 옹기종기 모여 바짝 몸을 붙이며 걸었다. 되도록 누군가와 붙어 있지 않으면 무섭다. 혼자 떨어져 있으면 잡아먹힐 것만 같았다. 그런 작은 물고기 집단의 심정이었다.
앞장서던 레비아탄이 멈췄다.
"음……."
"왜 그러세요……?"
조심스럽게 묻는 페리스.
"이 앞에 누가 있군요."
"누, 누군가요?!"
"글쎄요…… 제가 함께 있는 모습을 보이면 성가신 일이 될 터이니 잠시 모습을 바꾸겠습니다."
레비아탄은 웃음을 흘리며 오른손을 몸 앞으로 가져가 정중하게 인사했다. 레비아탄의 불타는 몸이 빙글빙글 돌더니 작은 불꽃이 되어 페리스의 어깨에 올랐다.
"손바닥 크기 소환수다!"
"귀여워요!"
이 모습이라면 페리스가 불 마술을 사용하는 것으로 보일 테니 다른 사람에게 목격되어도 문제없다. 크기가 달라져도 여전히 불꽃은 주위를 확실히 비춰주었다.
이윽고 페리스 일행은 기사단 본부 근처에 도착했다.

울려 퍼지는 폭발음. 묵직한 노성. 물건이 무너져 내리는 소리. 무언가 시끄러웠다.

강경한 얼굴의 남자가 혼자서 지팡이를 쥐고 언령을 영창했다. 남자는 눈을 뜨고 있지도 않았다. 완벽한 어둠 속에서 시각 정보는 노이즈에 불과하다. 그 남자를 공격하는 것은 그림자와 같은 괴이한 존재들. 하늘하늘 흔들리며 지옥의 통곡 소리와 검은 점액을 흘리며 다가왔다. 인간 형태이기에 그 기묘함이 더욱 돋보여 보는 사람의 생리적 혐오를 부추겼다.

"청렴한 빛이여, 내 지팡이에 깃들어, 악한 영혼을 없애라…… 디 브레이크 로드!"

남자의 주위로 마법진이 여럿 나타났다. 마법진 안의 문양이 고속 회전하더니 허공에 하얀 궤적을 새겼다. 각각의 마법진에서 쏘아진 섬광의 탄환이 강렬한 바람에 압축되어 화살이 됐다. 빛나는 화살이 이형을 꿰뚫자, 이형의 몸이 굽어지더니 얼음덩어리가 녹는 것처럼 증발했다.

앨리시아의 눈이 휘둥그레졌다.

"저건."

"아버님이세요!"

자넷은 서둘러 그 남자, 마술사단장 구스타프 라인츠리히에게 달려갔다. 구스타프는 의외로 건재한 듯했다.

"……음? 자넷이로군. 여기엔 왜 왔지?"

"아버님께서 공주님을 쫓아 왕도에 들어갔다고 미란다 대장에게 들어서 도와드리러 왔답니다! 자, 함께 왕도 바깥으로……."

"어리석긴!"
"꺅?!"
화내는 구스타프, 깜짝 놀라 주저앉은 자넷.
"어, 어째서 제가 어리석다는 말씀인가요?"
자넷은 울먹이며 아버지를 올려다보았다.
"나를 구하러 와서 어쩌겠다는 거냐! 그러고도 네가 라인츠리히의 후계자이더냐! 공주님의 구조를 우선해라!"
"하, 하지만 여기는 위험하니까……."
"하하하, 나라면 걱정할 것 없다. 마술사단장은 이 정도 어중이떠중이에게 당하지 않는다! 아버지를 너무 우습게 보지 마라."
"그런……가요?"
"그래. 주위는 전혀 보이지 않지만, 안 보인다 해도 마술을 쓸 수 있지. 공격하면 쓰러뜨릴 수 있다. 너희는 신경 쓰지 말고 공주님을 구해드려라."
어느 틈엔가 다시 주위 지면에서 괴이한 그림자가 부활했다. 비 온 뒤에 새싹이 트는 것처럼 돌길 사이에서 생겨나 천천히 다가왔다. 구스타프는 지팡이를 휘두르며 그림자 군단을 다시 없앴다. 그 위용은 설령 비정한 수단을 썼다 하더라도 단장의 지위를 거머쥔 남자에 어울리는 것. 집무실과 파티에서 으스댈 때와는 다르게 그의 정당한 실력을 인증했다.
"이 녀석들의 목표가 확실해진 이상, 나는 여기서 떠날 수 없다."
"……목표?"
고개를 갸웃한 테테루.

"너희가 신경 쓸 필요 없다. 공주님은 아마도 궁전에 있을 테니 서둘러 구출해드려라."

구스타프는 대답을 피했지만 앨리시아는 그 이유를 눈치챘다.

마도구 아르타마키아가 기사단 본부의 보물고에 봉인됐다는 정보는 미란다 대장이 마술사단에게도 보고했다. 구스타프는 이번 사건을 검은 비의 마녀가 저지른 것이라고 보고 직접 보물고의 방패가 된 것이다.

"얘들아, 가자. 자넷의 아버님께서 마도구를 지켜주시는 사이에."

앨리시아는 친구들에게 속삭였다.

"……네."

자신들이 예상했던 마녀의 목적은 정말이었을지도 모른다. 그렇게 생각하면 페리스는 몸이 떨렸다.

"무리하지 말아 주시어요."

아버지의 몸을 걱정하는 자넷. 마술사단의 정점이라지만 지금은 이런 이상 사태다. 정체도 알 수 없는 적을 상대로 지휘관이 고군분투하는 것은 지나치게 위험이 크다.

구스타프는 콧방귀를 뀌었다.

"흥, 영광스러운 라인츠리히 일족은 예부터 왕도의 수호자였다. 내가 살아 있는 동안 이런 영문 모를 괴물에게 당하지는 않는다."

듬직한 마술사단장을 기사단 본부 옆에 남겨두고 소녀들은 서쪽으로 달렸다.

다양한 가게가 늘어선 큰길. 평소라면 떠들썩하겠지만 지금은 한 명도 보이지 않았다. 어둠이 건물의 벽을 잠식해 천천히 칠흑으로 물들어갔다. 멸망의 수도, 영광과 번영으로 가득했던 왕도와는 전혀 달라진 모습에 소녀들의 등줄기가 서늘해졌다.

큰길에서 지름길인 좁은 길로 들어갔을 때 테테루가 멈췄다.

"……어라?"

발돋움하며 주변을 살폈다.

"왜?"

앨리시아도 멈췄다.

"어디선가…… 목소리가 들리는데."

"이, 이번에도 괴물인가요?"

절대로 원혼이라고 말하지 않는 자넷. 인정할 수는 없다, 그런 무서운 존재는. 괴물이라면 실체가 있으니 차라리 낫다.

"아무것도 안 들리는데……."

"들렸어! 잠깐 보고 올게!"

"아, 저도 갈게요!"

테테루는 목소리가 들린 대장간 쪽으로 달렸고 페리스도 따라갔다. 적이나 이변을 감지하는 능력은 야생아 테테루를 능가하는 사람이 없다. 공주 전하가 있는 곳으로 이어질 가능성이 조금이라도 있다면 그것에 걸어보고 싶었다.

"페리스! 하바라스카 양! 다 함께 가지 않으면 위험하다고요!"

"남겨지는 건 무서우니까."

"그그그그런 게 아니라고요!"

앨리시아와 자넷도 뒤를 쫓았다.

소녀들은 뒷골목 대장간으로 뛰어들었다. 달궈진 금속 냄새가 충만한 실내. 안쪽에 작업장과 화로가 있고, 그 앞에는 계산대가 있었다. 진열대에는 무기가 잡다하게 쌓였고 바닥에는 은화가 뿌려져 있었다. 누군가가 계산하는 도중에 어둠이 습격해 황급히 도망쳤는지도 모른다.

"아무것도…… 없네요."

자넷은 경계하며 가게 안을 둘러보았다.

"아니, 인기척이 있어! 냄새와…… 숨소리도…… 저기다!"

테테루가 똑바로 가리킨 곳. 세워진 갑옷과 방패 사이에 파묻히듯 한 소녀가 웅크리고 있었다. 괴물을 피해 숨었는지 간신히 손발이 보이는 정도였지만 물건을 넣는 주머니를 소중히 안고서 몸을 웅크리고 있었다.

"사, 사람……?"

소녀가 당황한 목소리를 냈다. 페리스는 그 얼굴을 알고 있었다. 전에 입었던 메이드 작업복이 아니라 화려한 드레스를 입고 있지만 분명했다.

"엘리제 씨?!"

"페리스?!"

소녀도 이내 페리스를 알아보고서 자리에서 일어나 달려왔다.

"와~! 엘리제 씨예요! 엘리제 씨도 도망치지 못했군요?!"

"으, 응. 페리스는 여긴 어쩐 일로?"

"공주님을 찾으러 왔어요! 공주님은 아직 찾지 못했지만 엘리제 씨를 찾아 다행이에요!"

페리스가 엘리제의 손을 잡고서 폴짝폴짝 뛰었다.

"……정말로 다행이에요. 마물들밖에 없어서 발이 묶였거든요."

엘리제가 미소 지었다.

"자, 잠깐만요, 페리스. 너무 무례하잖아요."

"이분하고 아는 사이였니?"

자넷과 앨리시아가 당황했다.

"흐에? 저번에 왕도에서 미아가 됐을 때 길을 안내해준 메이드 씨예요!"

"메, 메이드가 아니야……. 일단 이쪽으로 오렴."

평소에는 냉정한 앨리시아가 이상하게 허둥댔다. 페리스는 마석 광산에서 감독관들의 눈치를 보며 살아왔다 보니 주변 분위기가 이상할 때는 자연스럽게 눈치챘다.

"저, 저기…… 엘리제 씨는 엘리제 씨죠? 메이드 씨죠?"

페리스가 조심스럽게 확인하자.

"가능하면 페리스에게는 비밀로 하고 싶었는데……."

엘리제는 살며시 한숨을 쉬었다.

어둠에 감싸인 방안, 엘리제가 매끄럽고 유려한 동작으로 인사하고서 그 손바닥을 가슴에 올렸다. 그것만으로 갑갑한 대장간이 무도회장이 된 것만 같았다.

"저는…… 바스테나 왕국 제1왕녀, 엘리제 디 바스테나입니다."

맑은 목소리가 소녀들의 귓가에 울렸다.

"와…… 바스테나 왕녀님이 이렇게 예쁜 사람이었구나……."

눈이 동그래진 테테루. 페리스는 혼란에 빠져 물었다.

"저, 저기…… 잘 모르겠는데요…… 왕녀님이라면 그 높으신 왕녀님인가요……?"

"그 높으신 왕녀님이에요."

끄덕이는 자넷.

"흐에에에……."

페리스는 창백해졌다.

그렇다는 것은 자신이 왕족을 친구처럼 대했다는 뜻이다. 길 안내까지 받은 데다 보답조차 준비하지 못했다. 그 외에도 많이, 아주 많이 실례되는 행동을 했는지도 모른다.

"처, 처형하지 말아 주세요……."

페리스는 바들바들 떨며 부탁했다.

"처형하지 않아요. 우리 왕가는 그렇게 난폭하지 않으니까요."

"하지만 저는 왕녀님을 메이드라고 생각해서……."

"제가 메이드 옷을 빌려 성을 뛰쳐나갔으니 어쩔 수 없는 일이에요."

"처형……하지 않으실 건가요……?"

촉촉해진 동그란 눈동자로 올려다보는 페리스.

그 모습을 본 엘리제 공주는 가슴속에 신기한 것이 술렁이는 것을 느꼈다. 지금 당장 왕궁으로 불러들여 자신의 전속 시녀로 삼아 시중을 들게 하는 대신 자신이 돌봐주고 싶었다. 그런 지금까지 느껴본 적 없는 강렬한 충동이었다. 무언가 위험한 느낌이 든 엘리제 공주는 서둘러 그 충동을 억눌렀다.
"처형하지 않아요. 모처럼 친해졌는데 갑자기 겁을 먹으면 저도 슬프잖아요. 더 평범하게 대해주세요."
"알겠어요!"
"그걸로 충분한 건가요?!"
솔직한 페리스. 자넷은 그런 지나친 솔직함에 따라가지 못해 깜짝 놀랐다. 대귀족 라인츠리히에게 왕족이란 구름 위의 존재, 가볍게 대하는 것은 지나치게 송구스럽다.
"왕녀님도 찾았으니 남은 건 자넷의 아버님과 합류해 왕도를 탈출하는 것뿐이네."
앨리시아의 말에 자넷이 쓴웃음 지었다.
"또 아버님께 혼날 것 같네요. 자기와 합류할 시간이 있으면 빨리 공주님을 데리고 이탈하라면서요."
"마술사단장이라면 내버려 둬도 문제없을 테죠. 그는 강하니까요."
엘리제 공주는 신뢰를 담아 끄덕였다. 구스타프는 왕궁과 군부에서도 미움받지만 모난 돌이 정을 맞은 측면도 있다. 인품은 제쳐놓고 그 실력은 진짜다.
앨리시아는 그림자 군단을 물리치던 구스타프를 떠올렸다.
"확실히 우선 공주님을 안전한 곳까지 호송하는 게 먼저겠네요."
"부탁합니다. 저는…… 여기서 빨리 떠나야 해요."
엘리제 공주는 입술을 꼭 다물며 주머니를 안았다. 인형처럼 단정한 그 얼굴에 진지한 표정이 떠올랐다.

"그럼 밖으로 안내할게! 나는 테테루. 잘 부탁해!"

"따라오세요, 엘리제 씨!"

"자, 잠깐만요, 페리스?! 아무리 그래도 그렇게 부르는 건 실례라고요!"

"엘리라고 부르는 게 좋을까요?"

"너무 친근하잖아요!"

"괜찮습니다. 마음대로 불러주세요. 거리를 두는 것보다 그러는 편이 저도 기쁘니까요."

완강한 내구력을 자랑하는 테테루가 선두에 서서 대장간에서 뒷골목으로 뛰쳐나갔다. 자넷과 앨리시아는 후방을 호위. 왕녀에게 무슨 일이 생기면 돌이킬 수 없게 된다.

주변 어둠이 점점 진해지며 시끄럽게 술렁이기 시작했다. 주변에서 들리던 이형의 신음이 사냥감을 찾은 것처럼 시끄러워졌다.

"엘리제 씨는 어째서 왕도에 남으셨나요? 늦잠을 자셨나요?"

엘리제 공주는 누군가에게 들릴세라 조심스럽게 말했다.

"저는…… 잠시 가지러 가야 하는 물건이 있었어요. 그래서 호위하는 사람들에게서 빠져나와 궁전으로 돌아갔다가……."

"잊은 물건?"

테테루가 물었다.

"그렇군요. 잊어선 안 되는 물선이라고 할까요."

엘리제 공주의 아름다운 입술에는 긴장감이 감돌았다. 그 손이 주머니를 단단히 고쳐 쥐었다.

자세한 일은 모르겠지만 어지간히 중요한 물건일 거라고 페리스는 생각했다. 이런 비상사태에 위험을 감수하면서까지 가지러 와야 했으니까.

'분명 왕가의 보물일 거예요!'

그렇게 생각하자 페리스는 긴장 때문에 몸이 굳을 것 같았다. 책임이 막대하다. 공주님의 안전은 물론 보물도 반드시 지켜야 한다. 횃불을 대신해주는 레비아탄을 어깨에 올리고서 엘리제 공주의 곁에서 적의 습격을 경계했다.

그러나 그림자 군단은 나타나지 않았다. 어두운 곳에 수상쩍은 목소리가 들리고 수많은 시선이 소녀들을 휘감았지만 아무것도 하지 않았다.

"어째서 공격하지 않는 걸까?"

앨리시아가 의아해했다.

"라, 라인츠리히의 힘을 두려워하는 거랍니다!"

"그럼 자넷의 아버님도 공격받지 않았을 텐데."

"그건…… 으으으."

분한 듯이 신음하는 자넷. 테테루가 느긋하게 답했다.

"음, 지금은 배가 안 고픈 게 아닐까?"

"배가 고프면 어떻게 되나요?!"

"우걱우걱 당하겠지!"

"흐에에에?!"

"무서운 말 하지 마시어요!"

다들 펄쩍 뛰었다.

“괜찮아, 제일 먼저 먹히는 건 나니까! 통째로 먹힐까, 아니면 조금씩 먹힐까? 기대된다!”

“어째서 두근거리는 건가요?!”

“재밌을 것 같아서?”

“조금도 재미있지 않다고요!”

“테테루 씨가 먹히는 건 싫어요!”

페리스는 생각만으로도 울먹거렸다. 한 번 가르웜에게 먹혔던 적이 있다 보니 마물의 위장에 들어가는 상황은 거부감이 들었다.

진로 방향에 성문이 보였다. 성문 너머로는 어둠이 끊겨 황혼의 빛이 들어오고 있었다. 평야에서 불어오는 풀냄새가 무겁고 습한 암흑의 공기를 지워주었다.

“출구다!”

“다행이에요~!”

“살았네요. 여러분 덕분…….”

안도하며 단번에 큰길로 달려나가려 할 때.

무서울 정도로 난폭한 폭풍이 소녀들 앞에 떨어졌다.

세찬 바람에 날아갈 뻔한 페리스를 테테루가 붙잡았다. 불길한 번갯불이 허무를 가르고, 건물의 벽을 파고들어 강렬한 냄새를 풍겼다. 압도적인 악의가 돌바닥을 울리며 소녀들의 어깨를 짓누른다.

그리고 심연보다 더 깊은 심연, 어둠보다 더 깊은 암흑의 중심에 눈동자를 번뜩이는 증오의 덩어리가 떠올랐다.

그것은 검은 비의 마녀. 원한의 화신, 사악의 표상.
마녀는 아름다운 입술로 독기를 뿜으며 끈적이게 속삭였다.
"거기 계집…… 그대가 든 것을 소녀에게 돌려주겠나. 그것은…… 소녀의 것이니라."
"……!"
검은 비의 마녀가 가리키자 엘리제 공주는 움찔거렸다. 앨리시아가 긴장된 얼굴로 물었다.
"공주님…… 무엇을 갖고 계신가요……?"
엘리제 공주는 가느다란 팔로 주머니를 꼭 안았다.
"……기사단의 보물고에 봉인됐던 마도구예요."
"혹시 검은 비의 마녀가 원한다는 마도구 아르타마키아?!"
테테루의 눈이 휘둥그레졌다. 고개를 끄덕이는 엘리제 공주.
"어, 어째서 그런 걸 갖고 계셨죠?"
"기사단 보물고는 많은 병사가 감시해서 오히려 눈에 띄니까요. 만일의 사태가 벌어지면 제일 먼저 마녀의 표적이 될 거라고 생각해 미리 몰래 가지고 나왔어요."
"너, 너무 무모하시다고요……."
"주변에서도 그런 말 자주 해요."
엘리제 공주는 핏기가 가신 얼굴로 미소 지었다. 그렇다는 것은 페리스 일행이 잠복하는 사이에 보물고는 이미 비었고, 마도구는 엘리제 공주가 있는 곳에 있었다는 뜻이다.
검은 비의 마녀가 칠흑의 긴 머리카락을 이계의 생물처럼 음산하게 움직였다.

"그 나이치고는 머리가 잘 돌아가는 모양이지만 어차피 어린아이의 잔꾀지. 그것에서 나오는 소녀의 마력을 나 자신이 깨닫지 못할 거라고 생각했느냐?"

"안타깝게도…… 저는 마력을 감지하지 못하니까요."

천천히 물러나는 엘리제 공주. 그 주위를 지키려는 듯이 페리스 일행도 후퇴했다.

어렸을 때부터 동화로 배웠던 태고의 마녀와 대치하게 되자 모두가 죽음의 위협을 느꼈다. 평소에는 기운찬 테테루조차 주먹을 쥐고서 들짐승처럼 신음을 흘렸다. 사냥을 잘하는 나비라 족 출신이다 보니 불필요하게 몸이 굳어버리지는 않지만, 그렇기에 상대와의 역량 차이와 재해의 파괴력은 명확하게 알 수 있었다.

그렇다, 저 마녀는 단순한 마녀가 아닌…… 재앙이다. 어둠에 물든 소녀가 공주 쪽으로 손을 내밀자 날카로운 손톱이 번쩍였다.

"자, 그것을 소녀에게 넘겨라. 그대들을 없애는 것은 간단하지만 소중하고 소중한 그것을 천한 피로 더럽히고 싶지 않구나."

"넘길 수 없습니다. 전승에 따르면 노속 전쟁은 이 마도구 아르타마키아가 원인이 되어 일어나 마녀가 사라진 뒤에도 마도구를 둘러싸고 처참한 전쟁이 반복됐다고 해요. 그런 물건을, 참극의 원흉을 넘길 수는 없습니다!

엘리제 공주는 단호히 마녀를 응시했다.

'역시 공주님은 굉장해요.'

페리스는 엘리제 공주의 용맹한 모습에 눈길을 빼앗겼다. 자신도 무서워서 떨고 있는데 공주는 망설이지 않았다. 바스테나 왕가의 이름을 짊어지기에 어울리는 당당한 태도였다.

"그렇다면 갈기갈기 찢어 빼앗을 뿐이다!"

마녀의 온몸에서 새까만 독기가 뿜어졌다. 독기는 낫처럼 머리를 들고 포효하며 살의의 탁류가 되어 엘리제 공주에게 날아들었다.

엘리제 공주는 몸이 얼었지만 두 눈을 절대로 감으려 하지 않았다. 설령 길가의 먼지로 돌아간다 해도 마지막까지 지켜보는 것이 왕가의 책무. 적 앞에 무릎을 꿇을 수는 없다.

"엘리제 씨!"

페리스가 엘리제 공주의 앞으로 뛰어들었다.

두 팔을 벌리고 막아선 페리스에게 독기가 쏟아졌다. 난폭한 칠흑이 돌바닥을 녹이고 나무들이 썩었다. 그러나 독기가 페리스 역시 해치지는 않았다. 오히려 그 작은 몸에 빨려 들어가 무한의 나락에 삼켜지듯 계속해서 사라졌다.

마녀가 이를 가는 소리가 울렸다.

"큭…… 이번에도 그대인가!"

검은 비의 마녀는 지긋지긋하다는 듯이 공중에서 페리스를 노려보았다. 머리카락 한 올 한 올, 드레스 주름 하나하나가 분노를 내비치며 꿈틀댔다.

"나, 난폭하게 굴어선 안 돼요! 다 함께 친하게 지내는 편이 즐거울 테니까요!"

페리스는 주먹을 쥐며 호소했다.

"저런 괴물을 상대로 무슨 말을 하는 건가요……?"

깜짝 놀란 자넷.

"역시…… 페리스는 재밌군요."

엘리제 공주는 창백해진 얼굴로 중얼거렸다.

마녀의 도자기 인형처럼 새하얀 뺨이 경련했다.

"친하게……?"

"친하게요!"

고개를 끄덕인 페리스. 참을 수 없이 무릎이 떨려 서 있는 것이 고작이었다.

"그릇 녀석…… 그대는 소녀를 얕보는 건가? 재앙의 마녀, 인류 제2의 적, 절망의 화신이라 불린 이 소녀를……?"

"얕보지 않아요! 무섭지만, 하지만 친해지고 싶어요! 제가 할 수 있는 일이라면 뭐든지 할게요! 이제…… 이제…… 싸우지 말아 주세요!"

"싸움……? 이것이…… 그저 싸움에 불과하다고……?"

검은 비의 마녀는 이마에 손을 얹었다. 손톱 끝이 이마를, 머리를 파고들어 사악한 독기가 새어 나왔다. 단정한 얼굴이 격렬하게 일그러지며 진홍색 입술을 깨물어 선혈이 흘렀다.

"역시…… 그릇은 그저 그릇인가……. 그분과는 달라……. 어리석은 계집이…… 소녀의 어둠을 아무것도 모르는 주제에……!"

"저, 저기…… 검은 비의……?"

"닥쳐라! 닥쳐라, 닥쳐라, 닥쳐라아아! 독기가 통하지 않는다면 이렇게 해주마!"

마녀가 손을 들자 당장에라도 부러질 것처럼 가느다란 팔 주위로 문자열의 원이 생겨났다. 원이 회전하며 그 문자열이 홀로 목소리를 내기 시작했다. 무수히 많은 원혼이 노래하는 것만 같은 저주받은 언령의 자동 영창. 마법진이 생성되어 강력한 마술이 발동했다.

공간이 삐걱거릴 정도의 압박감과 함께 주위의 모든 노면, 가로수, 건축물들에서 석재와 가지, 벽돌이 벗겨져 나갔다. 그것들 전부가 신음하며 폭풍우가 되어 소녀들에게로 날아들었다.

마법 내성 무한인 페리스라지만 물리 내성은 평범하다. 아니, 어른의 절반도 안 된다. 만약 돌에 맞는다면 중상을 피할 수 없다.

"완전히 화났잖아?!"

"흐에에에에에?! 어째서요~?!"

"도, 도망치죠!"

소녀들은 엘리제 공주를 지키며 달렸다. 날아드는 잔해를 테테루가 튼튼한 몸으로 막고, 자넷이 바람 마술로 날려버렸다. 넘어질 뻔한 페리스를 앨리시아가 일으켜 도망쳤다.

다들 필사적이었다. 지금까지 만난 마법 생물과 마물들과 이번 적은 수준이 다르다. 그야말로 전설이다.

검은 비의 마녀에게서 탈출하기 위해 소녀들은 뒷골목을 따라 왕도 바깥으로 향했다. 어둠으로 가득한 길 여기저기에는 괴이한 그림자가 배회했다. 크게 노한 주인의 명령을 받았는지 뒤숭숭함도 악의의 파동도 강해졌다.

"다들 조심해. 이번에 들키면 무사하지 못할 거야."

"숨바꼭질이구나!"
"이런 목숨을 건 숨바꼭질은 싫다고요!"
"숨바꼭질은 즐거운 게 좋아요!"
페리스 일행은 괴이한 그림자의 순회 루트를 살피며 신중히 피해갔다. 한두 마리라면 쓰러뜨릴 수 있을지도 모르지만 적은 군대, 게다가 끊임없이 솟아나는 불사신 마물이다. 함부로 싸움을 걸다 포위된다면 목숨이 위험해진다.
테테루의 신호로 건물 뒤에서 뛰어나온 소녀들은 이형들 사이를 빠져나가 폐허로 뛰어들었다. 이형들이 소란을 피우며 얇은 벽 너머를 지나가자 소녀들은 터질 것 같은 심장을 억누르며 오두막 구석에 뭉쳤다.
숨이 거칠어지고 공포에 이가 떨렸다. 서로 몸을 맞대며 그 온기를 느끼는 것이 유일한 위로였다. 페리스는 그렇게라도 하지 않으면 이성을 잃고 나무통 안으로 틀어박힐 것만 같았다.
엘리제 공주가 힘없이 고개를 숙였다.
"죄송합니다. 제 무모한 행동에 여러분까지 말려들게 되어서."
"공주님께서 사과하실 필요 없답니다!"
"자넷의 아버지도 구해야 했으니까."
"마도구를 되찾으러 돌아오신 공주님은…… 올바른 행동을 하셨다고 생각해요."
앨리시아는 고민 끝에 그렇게 말했다. 마도구 아르타마키아가 보물고에 남았더라면 지금쯤 왕도는, 아니, 대륙 자체가 더 큰일이 됐을 것이다. 문제는 어떻게 이곳에서 빠져나가 마녀의 시선을 피해 마도구를 숨길 지인데…….

분노에 찬 목소리가 날카롭게 울려 퍼졌다.

"빨리 나오너라, 계집! 그렇지 않으면 소녀의 독기가 무차별로 쏟아져 왕도의 모든 것을 녹일 것이다! 이것은 마지막 통보이니라!"

마녀의 무서운 위협. 조금도 주저하는 것 같지 않았다. 수많은 도시를 어둠에 빠뜨린 마녀이니 한다면 반드시 할 것이다. 페리스 일행은 몸이 굳어졌다.

"어어어어어어떻게 할 거죠?!"

"나가면 무사하지 못하겠지……."

"나가지 않아도 무사하지 못할 거야."

"여, 열심히 미안하다고 할 수밖에 없어요!"

서로 밀착하는 페리스 일행. 어디에서 검은 비의 마녀와 그 부하인 이형들이 나타날지 알 수 없으니 서로 등을 맞대고 주변을 경계했다. 소리 하나, 기척 하나에도 깜짝 놀라며 언제든지 마술을 발동할 수 있게 준비했다.

그런 페리스 일행의 모습에 엘리제 공주가 다부진 표정을 했다.

"……전부 제 탓이니 제가 책임을 지겠습니다."

"어, 어떻게 하실 건가요?"

자넷이 조심스럽게 묻자 엘리제 공구는 손을 꽉 쥐었다.

"제가 마녀에게 가겠습니다. 그렇게 하면 여러분은 도망칠 수 있을 거예요."

"그건…… 그럴지도 모르겠지만……."

앨리시아의 표정이 어두워졌다. 머리끝까지 화가 난 마녀를 상대로 무방비하게 항복하면 공주가 무사할 것 같지 않았다. 분명 엄청난 보복이 기다릴 것이다.

엘리제 공주가 페리스에게 주머니를 건넸다.

"다만 한 가지 부탁이 있습니다만…… 이 마도구만은 가지고 도망치세요. 이것을 검은 비의 마녀에게 넘겨줄 수는 없으니까요."

"흐에?"

페리스는 당황했다.

"하, 하지만 그렇게 되면 엘리제 씨는 어떻게 되나요……?"

"저라면 괜찮아요. 어떻게든 잘…… 용서를 빌 테니까요."

엘리제 공주는 싹싹하게 답했지만 그 얼굴은 핏기가 가셨다. 명장의 예술품처럼 섬세한 손은 힘없이 떨렸다. 누가 봐도 무리하고 있다는 것을 알 수 있었다.

그것도 당연하다. 국가라는 책임을 짊어진 왕가의 일원이라지만 엘리제 공주는 아직 어리다. 원래라면 학교에서 천진난만하게 뛰어다니는 것이 보통인 나이다.

"공주님……."

앨리시아는 왕녀의 다부진 마음을 깨닫고 가슴이 갑갑해졌다. 다시 말해 이것은 제물이다. 공주는 자신의 목숨을 바쳐서라도 페리스 일행을 구하고, 마도구를 숨기는 것으로 백성들을 지키려는 것이다. 말괄량이라 불리는 공주지만 그 마음은 고귀했다.

"그, 그렇게 둘 수 없어요!"

페리스는 주머니를 필사적으로 떠밀었다. 미아가 된 자신을 구해준 자상한 공주님이 마녀의 독니에 물리는 모습은 절대로 보고 싶지 않았다.

엘리제 공주는 페리스의 손을 쥐며 살며시 주머니를 들게 했다.

"페리스…… 부탁이에요. 부디 저를 위해서……."

"저, 저기…… 그게…… 아으으……."

부탁을 받으니 얌전히 따르게 될 것 같았지만 고개를 도리도리 저었다.

"안 돼! 다 함께 도망치지 않으면 구해주러 온 의미가 없어!"

테테루는 주먹을 꽉 쥐며 호소했다.

엘리제 공주는 한숨을 쉬었다. 페리스 일행의 마음은 고맙지만 느긋하게 이야기하고 있을 때가 아니다. 언제 검은 비의 마녀에게 위치를 들킬지 모른다. 엘리제 공주는 앨리시아와 자넷에게 시선을 돌렸다.

"그럼 이렇게 말하겠습니다. 이런 건 되도록 하고 싶지 않았지만…… 시간도 얼마 없으니 어쩔 수 없군요. 이건 왕녀의 명령입니다. 페리스와 테테루를 데리고 마도구와 함께 당장 저를 두고 떠나세요."

대귀족의 이름을 잇는 어른스러운 두 사람이라면 왕가의 명에 거스르지 않으리라 판단했지만.

"그, 그 명령을 들을 수 없답니다!"

"네, 공주님. 죄송하지만요."

엘리제 공주의 예상과는 다르게 자넷과 앨리시아는 받아들이지 않았다. 마술사단장의 딸이라면 왕족에게 거스르는 것이 군법 회의에 넘어갈 만큼 대역죄라는 것을 알고 있을 텐데도.
엘리제 공주는 슬픈 표정을 했다.
"그럼…… 어쩌라는 건가요. 이대로는 어쩔 도리 없이 전멸할 뿐입니다. 아무도 무사하지 못할 거예요."
폐허에 묵직한 침묵이 내려왔다. 밖을 배회하는 괴이한 그림자들의 속삭임이 고막에 달라붙었다. 그 속삭임은 서서히 수와 크기가 늘어났다. 미세한 바람의 움직임과 삐걱대는 폐허 바닥이 엘리제 공주에게는 절망의 도래를 암시하는 것처럼 느껴졌다.
페리스가 힘이 들어가지 않는 무릎으로 일어났다.
"제, 제가…… 제가……."
"페리스?"
고개를 갸웃한 엘리제 공주.
"제가 엘리제 씨를 지킬게요! 지킬 수 있을지는 모르겠지만, 하지만 힘낼게요!"
페리스는 떨면서도 그렇게 말했다. 자신은 없다. 확신도 없다. 그러나 자신이 할 수 있는 일을 하지 않으면 분명 후회할 것이다. 그렇게 생각했다.
"당신에게 그런 책임은 없답니다. 당신은 왕족을 지키는 기사단도, 마술사단도 아닌 평범한 마법 학교 학생에 불과하니까요."
"왕족이라든가 책임은 상관없어요! 제가 엘리제 씨를 지키고 싶어요! 주, 죽지 않았으면 해요!"

앨리시아가 미소 지었다.

"그래야 페리스지. 사실은 무리하지 않았으면 하지만 다른 방법이 없으니…… 공주님과 마도구는 우리에게 맡기고 뒷일은 신경 쓰지 말고 힘을 내."

"저도 전력을 다해 페리스를 돕겠어요! 거, 검은 비의 마녀가 어쨌다는 건가요?! 시대에 뒤처진 유령은 나, 날려버리겠어요!"

자넷은 허세를 부리며 가슴을 폈다. 마녀를 생각하면 공포로 무릎이 떨리지만 페리스의 친구로서, 라인츠리히의 달로서, 앨리시아의 라이벌로서 이런 곳에서 기가 죽어 도망칠 수는 없다.

페리스의 어깨에 머물러 있던 레비아탄이 입을 열었다.

"여왕님. 저 나비라 족 아이를 후방의 방위에 세워주십시오."

"나비라 족……?"

"하바라스카 양을 말하는 거죠?"

"그러합니다. 나비라의 방패는 검은 비의 마녀와 천적. 인간 주제에 여왕님에게서 훔친 비술을 사용하는 것은 거슬리지만, 이참에 병력은 많은 편이 좋을 테지요."

테테루가 자신의 얼굴을 가리켰다.

"음, 잘 모르겠지만 내가 엘리제의 방패가 되면 된다는 거야?"

"그러합니다. 나비라의 몸이라면 검은 비의 마녀가 사용하는 마술을 잠시 막을 수 있습니다. 뭐, 그걸로 당신의 목숨이 어떻게 될지는…… 모르겠습니다만."

"목숨이 위험한 건 싫어요!"

"괜찮아~! 페리스가 후딱 마녀와 결판을 내면 되니까!"

"그, 그렇게 간단히……."

중압감이 더해지자 페리스는 위축됐다. 하지만 위축되고 있을 때가 아니다. 이것은 수업도 실습도 아닌 분명한 실전이니까.

"여러분…… 어떤 분과 이야기하시는 건가요?"

엘리제 공주는 알 수 없다는 듯이 눈을 깜박였다.

"혹시 공주님께는 들리지 않는 걸까?"

"왕족에게 우리 소환수의 존재를 들켰다간 성가셔질 테니까요. 왕족을 빼고 뇌에 직접 간섭해 대화하고 있습니다."

레비아탄이 큭큭 웃었다.

"자, 페리스, 다녀와! 기다리고 있을게!"

테테루가 페리스의 등을 밀었다.

"페리스라면 분명 할 수 있을 거야."

"네! 지금까지도 계속 그래왔는걸요!"

앨리시아는 엘리제 공주의 곁에 서고 자넷은 전투용 지팡이를 쥐며 힘주어 고개를 끄덕였다. 모두가 결의에 찬 표정이었다. 혼자서 싸우는 것이 아니라는 사실을 다시 확인한 페리스는 용기가 솟아났다.

"고맙습니다……. 열심히 할게요!"

자넷과 나란히 폐허에서 밖으로 달려나갔다. 괴이한 그림자들이 술렁거렸다. 밀려드는 칠흑의 군세. 페리스는 어둠에 둘러싸인 왕도를 달리며 큰소리로 외쳤다.

"마녀 씨! 저희는 여기에요! 마도구도 갖고 있어요! 더, 덤빌 테면 덤벼보세요!"

최선의 도발이었다. 검은 비의 마녀를 끌어들여야 한다. 실수로라도 엘리제 공주 쪽을 먼저 공격했다간 큰일이다.

페리스의 목소리에 반응하듯 주변 어둠의 밀도가 점점 짙어졌다. 태풍이 찾아오는 것처럼 일렁일렁 모여들더니 상공에서 농밀한 응어리가 되었다.

응어리가 굳어지며 보랏빛 번개가 번뜩였다. 그리고 어둠의 응어리에서 검은 비의 마녀가 모습을 드러냈다. 고운 드레스를 펄럭이며 붉게 빛나는 눈동자로 페리스와 자넷을 내려다보며 신음하듯 속삭였다.

"이제야 나왔구나……. 죽을 각오는 됐느냐……?"

원한이 담긴 어둠이 아름답고도 무섭게 소녀의 주위에 소용돌이쳤다. 그 매끄러운 검은 머리카락에서는 새까만 물방울이 비처럼 떨어졌다. 페리스는 아득히 높은 곳에서 내려다보는 검은 비의 마녀를 흠칫흠칫 올려다보았다.

"가, 각오는 안 됐지만…… 죽고 싶지 않지만……."

모처럼 친구가 잔뜩 생기고 공주님과도 친해지며 행복한 나날을 보냈다. 이런 곳에서 끝내고 싶지 않다. 그렇다고 엘리제 공주만을 남기고 떠날 수도 없다.

그리고 페리스는 떠올렸다. 애초에 왕도를 방문한 것은, 보물고에 잠복한 것은 이러기 위해서였다. 마도구를 노리는 검은 비의 마녀와 대치해 파괴와 참극을 막기 위해. 설득이 통하지 않는다면 어떠한 방법을 써서라도.

"저는…… 검은 비의 마녀 씨를 만나러 왔어요! 이제 나쁜 짓은

하게 놔둘 수 없어요! 모두가 슬퍼할 일을 하게 놔둘 수 없으니까요!"

주먹을 꽉 쥐고서 용감하게 말했다.

"그, 그그그그렇답니다, 이 짓궂은 마녀! 저와 페리스가 함께라면 당신 정도는 아무것도 아니어요! 여기서 없애 드리겠습니다!"

자넷은 페리스의 앞에 당당히 서서 지팡이를 들고 방패가 됐다. 설령 자신이 건물 파편에 맞는다고 해도 페리스만큼은 반드시 지킬 각오였다.

검은 비의 마녀는 콧방귀를 뀌었다.

"흥…… 건방진 아이들이. 어디에 소녀의 물건을 숨겼는지는 모르겠지만 금방 말하게 해주겠니라. 그 작은 머리에서 뇌를 끄집어내서!"

마녀의 온몸에서 짙은 암흑 안개가 뿜어졌다. 독기는 수많은 촉수가 되어 똬리를 틀며 페리스와 자넷을 향해 돌진했다. 각각의 촉수 주변에 언령의 문자열이 회전하면 마법진이 전개되었고, 그 마법진에서 업화가 생겨나 날아들었다.

강렬한 열파에 주변 가로수가 타올랐다. 비명을 지른 자넷. 페리스는 작은 손바닥을 내밀어 상식을 벗어난 처리 능력을 풀가동해 평범한 사람의 고막에는 들리지 않을 정도로 빠르게 언령을 읊었다.

"천상, 만상, 예리의 도리, 절세의 냉엄으로 단죄하라…… 아이솔레이션 아이스!"

페리스의 손바닥 끝에 커다란 눈 결정이 나타났다. 아름다운 가지를 반짝이는 결정이 맹렬한 업화를 막았다. 갈 곳이 막힌 불꽃 탁류가 뿔뿔이 흩어지며 지면으로 내리꽂혔다. 지면이 녹는 냄새가 페리스와 자넷의 코를 찌르며 눈을 맵게 했다.

"역시 막았는가……."

검은 비의 마녀의 단아한 콧날에 주름이 잡혔다.

"당연하지요! 페리스의 마도는 전설에도 지지 않는답니다! 엉망으로 당하고 싶지 않다면 어서 꽁무니 빠지게 도망치시어요!"

그렇게 뻐기면서도 자넷은 빨리 도망쳐주기를 간절히 바랐다. 열파에 머리카락이 조금 그을린 정도로 끝났지만 직격했다면 이렇게 끝나지 않았을 거라는 생각에 간담이 서늘해졌다. 페리스의 힘을 믿지 않는 것은 아니지만 1초만 방어가 늦었더라면 머리카락만으로는 끝나지 않았을 것이다.

"그렇다면 이건 어떠냐!"

검은 비의 마녀가 손가락을 아래로 내리자 페리스 일행이 선 바닥에 균열이 일었다. 바닥이 시끄러운 소리를 내며 부서지더니 산처럼 솟아나 대지에서 떨어져 나갔다. 지면이 자넷과 페리스를 올린 채 드높이 떠올랐다.

"꺄아아아아아악?!"

"내려주세요오오!"

페리스는 바닥에 필사적으로 매달리느라 언령을 읊을 겨를이 없었다. 그런 두 사람에게 지면에서 뽑힌 나무와 돌이 날아들었다.

'이대로는 안 되겠어요!'

자넷은 당황했다. 자신이 페리스를 확실히 지켜야 한다. 사명을 다해야 한다. 무서워할 때가 아니다. 언제 추락할지 모르는 불안정한 발판, 폐허더미 위에서 페리스를 꼭 안은 채 읊었다.

"바람이여, 온화한 자모의 날개여, 우리를 감싸, 천공으로 솟아올라라…… 브리즈 페더!"

자넷의 지팡이에 마법진이 펴져 돌풍이 일었다. 의지를 지닌 소용돌이가 나무와 돌을 날려버리고 자넷과 페리스의 몸을 띄웠다. 자넷은 페리스를 안고서 긍지 높은 독수리처럼 검은 비의 마녀 정면으로 날아올랐다.

"페리스! 지금이어요!"

"네!"

정신을 차린 페리스. 자넷의 품에 안겨 그 듬직한 열기에 몸을 맡기고 두 손을 벌렸다. 그리고 재빨리 복합 마술 언령을 읊었다.

"『나는 명한다』『영겁의 윤회』『저 죄인을 벌하여』『붙잡아』『유현의 지옥으로』『이어라』!"

거대한 마법진이 하늘을 뒤덮으며 어둠을 빛으로 물들였다. 마법진에서 엄청난 양의 두꺼운 사슬이 생성되어 검은 비의 마녀를 향해 소나기처럼 쏟아졌다. 반짝이는 사슬과 사슬이 부딪치며 섬광의 불꽃을 튀기고 드높은 종언의 음색을 연주했다.

"이만한 마술로 소녀가 붙잡힐 것 같으냐!"

검은 비의 마녀는 몸이 흐물흐물 녹더니 짙은 어둠 안개가 되어 사슬 사이를 빠져나갔다. 마녀가 두 손을 들자 지면에 몇십 개의 마법진이 발생. 마법진의 중심에서 흙이 솟아나 날카로운 가시가 되어 페리스 일행을 찌르고자 빠르게 늘어났다.

페리스는 계속해서 언령을 읊었다.

"공간이여, 기억하라, 풍성하고 고운 빙원이여, 영리하게 나타나라…… 하든 프로스트!"

사슬 마법진에 겹쳐지듯 순백의 마법진이 하늘에 전개되었다. 새로운 마법진에서 미세한 얼음 파편이 수없이 쏟아지며 공기를 채웠다. 결정에 침식된 마녀의 몸이 점점 응고되더니 실체를 지닌 존재로 바뀌었다.

"다중 영창이라고?!"

망막을 그을릴 정도의 빛을 내는 황금 사슬이 바람을 울리며 검은 비의 마녀를 내리쳤다. 검은 비의 마녀는 하늘에서 떨어져 민가의 지붕에 추락했다. 커다란 구멍을 내며 집으로 떨어진 마녀는 곧장 다시 떠올라 페리스에게 공격하려 했다.

그러나 황금 사슬이 그것을 허락하지 않았다. 마녀의 몸에 계속해서 꽂히고 파고들어 꼼짝달싹 못 하게 묶었다.

검은 비의 마녀는 독기를 다뤄 사슬을 끊으려 했지만 실패했다. 어떠한 간섭도 받지 않는 사슬이 가녀린 마녀의 몸을 계속해서 압박했다.

"이, 이 정도일 줄이야……. 평범한 그릇이라 여겨 얕보았거늘 『그분』의 힘은 진짜였구나……."

마녀의 창백한 피부에서 붉은 선혈이 흘렀다. 하늘에서 강림한 사슬에 매달린 마녀는 고통으로 얼굴을 찡그리면서도 당당하게 입가를 올렸다.

"그래, 어찌할 거냐? 소녀를 죽일 것이냐? 이대로 으깰 것이냐? 그대라면 그 정도는 어려울 일도 아니겠구나."

"페리스……?"

땅으로 내려온 자넷은 조심스럽게 페리스를 보았다. 내버려 뒀다간 마녀는 사슬에 죽는다. 어쩔 수 없는 일일지도 모르지만 역시 인간의 모습을 한 존재를 어린 페리스가 죽이는 사태는 친구로서 간과할 수 없을 것 같았다.

"으, 으깨지 않아요! 부탁이니까 두 번 다시 나쁜 짓을 하지 않겠다고 약속해주세요! 그럼 곧바로 풀어드릴 테니까요!"

"크큭…… 크크크크크……."

마녀는 어깨를 들썩이며 웃었다.

"어, 어째서 웃으시나요?"

"무른 성격은…… 소녀만이 아니로구나. 그대도 참으로 무르구나. 그래, 예전의 소녀처럼……. 설령 『그분』의 힘을 지녔다 한들 인정이 가져오는 것은 영겁의 후회뿐이니라……!"

애처로울 정도의 비탄이 마녀의 아름다운 얼굴에 새겨졌다. 페리스는 그것을 보는 것만으로도 가슴이 죄였다.

어째서 그렇게 슬픈지, 이렇게 많은 사람을 괴롭히고도 조금도 메꿔지지 않는지. 마치 다치게 하는 것으로 자신도 상처를 입는 것처럼 안타깝고도 슬픈 모습이었다.

"잠시만요, 아가씨."

"……?!"

뒤에서 거슬리는 목소리가 들리자 페리스가 돌아보았다. 후드를 깊게 쓴 로브의 마술사가 기분 나쁜 미소를 떠올리며 서 있었다. 『탐구자들』의 술사. 마석 광산에서 감독관들을 학살한 악당. 기척도 없이 이렇게 가까운 거리까지 다가왔다.

깜짝 놀란 페리스의 제어가 약해지며 황금 사슬이 느슨해졌다. 그 틈을 노려 검은 비의 마녀가 사슬 사이로 빠져나왔다. 자신의 몸을 암흑 유동체로 바꾸며 상공으로 떠오른 마녀는 증오스러운 표정으로 술사를 노려보았다.

"……괜한 짓을. 이 정도는 소녀가 해결할 수 있었다."

"이거 실례했습니다. 절체절명의 상황으로 보였기에."

술사는 비웃음을 흘리며 지팡이를 휘두르는 자넷의 공격을 훌쩍 피했다. 솟아난 소용돌이에 마녀가 빨려 들어가 굉음과 함께 떠나갔다. 거친 폭풍과 분진으로 앞을 볼 수 없게 된 페리스와 자넷은 서로를 안으며 몸을 지켰다.

정신이 들고 보니 어느 틈엔가 술사의 모습도 사라진 뒤였다. 꿈틀대던 그림자 군단이 한 마리, 또 한 마리 어둠의 물방울이 되어 지면으로 스며들었다. 파도가 빠지듯 주변 어둠이 개이기 시작했다. 그 사이로 푸른 하늘이 엿보이며 햇살이 지면을 비췄다.

"……도, 도망, 쳤네요."

"죄, 죄송해요……."

멍하니 선 자넷과 페리스.

이형의 목소리로 가득하던 왕도에 이제야 생각났다는 듯이 새의 지저귐이 울리기 시작했다. 길가에 색이 돌아오며 선명한 도시의 풍경이 떠올랐다.

그것은 틀림없는 영광의 도시.

남겨진 잔해와 건축물에 난 상처가 없었더라면 처절한 싸움이 있었던 것이 꿈인 줄 알았을지도 모른다.

"페리스!"

"굉장해! 마녀를 이겼구나!"

"다치지 않았나요?!"

숨어 있던 앨리시아와 테테루와 엘리제 공주가 페리스 쪽으로 달려왔다. 도로의 잔해를 딛고 숨을 헐떡이며 페리스를 둘러쌌다.

"네, 다치진 않았지만…… 검은 비의 마녀 씨를 놓쳤어요……. 전 못났어요……."

페리스는 풀이 죽었다. 어떻게든 설득해서 마녀의 악행을 막을 생각이었는데. 도시에 커다란 희생을 내며 간신히 손에 넣은 대화 찬스였는데 잘 활용하지 못했다. 미안한 마음에 떠밀려 몸을 작게 웅크렸다.

엘리제 공주가 고개를 저었다.

"못나지 않았어요! 당신은 훌륭한 마도사예요……. 그 검은 비의 마녀를 쫓아내다니!"

"그, 그건, 자넷 씨가 구해줬으니까요! 그저 무서워서 저는 아무것도 못 했어요!"

"그렇지 않아요! 페리스는 훌륭히 싸웠답니다! 더 자신감을 가지세요!"

허둥지둥 손을 젓는 페리스에게 자넷이 힘주어 말했다. 이 아이는 최강의 마도사다. 아마도…… 1만 년에 한 번 나타날까 말까 한 수준의.

"이제 안 돌아올까?"

테테루는 주변 냄새를 맡았다. 마녀의 잔향은 달콤하고 예쁘지만 너무 강렬하다. 본인이 없는데도 그 마력만이 여전히 감도는 것만 같았다.

앨리시아가 둥글게 만 손을 입가에 가져갔다.

"아마…… 일시적으로 물러난 게 아닐까. 그렇게 간단히 마도구 아르타마키아를 포기하지 않을 테니까."

"흐에에에……."

놓친 것은 아쉽지만 돌아온다고 하면 무서워지는 페리스.

"하지만 일단 공주님과 왕도를 구한 건 확실하네. 페리스 덕분이야."

"이렇게 신세를 졌으니 페리스에게는 훈장을 수여해야겠군요."

"그, 그런 건 괜찮아요! 저는 뭔가를 원해서 노력한 게 아니고요, 어떻게 잘 풀린 건 여러분 덕분인 데다가요, 훈장이라는 걸 혼자서 다 먹을 수 없을지도 모르니까요!"

"페리스, 훈장은 먹는 게 아니야."

"그, 그럼 마시는 건가요?!"

"마시는 것도 아니지……."

앨리시아가 웃었다.

보통이라면 페리스의 공로는 훈장을 받아 마땅하다. 아니, 작위나 마술사단장의 지위를 내린다 해도 이상하지 않을 것이다.

그러나 페리스는 특별하다.

일반적으로 일을 진행하면 커다란 소동이 벌어진다. 야심으로 가득한 악귀들의 먹잇감이 되어 평온한 학교생활이 영원한 저편으로 멀어질 것이다.

앨리시아는 굳은 표정으로 엘리제 공주를 바라보았다.

"……공주님, 훈장은 감사합니다. 하지만 오늘 일은…… 페리스가 활약한 일은 다른 분들께는 비밀에 부쳐주시면 안 될까요?"

"비밀이요?"

앨리시아의 진지한 말투에 엘리제 공주는 그 의도를 곧바로 알아차렸다. 어렸을 때부터 왕족으로서 학식을 익히고 많은 어른을 관찰해온 몸. 그들 앞에서는 되도록 천진난만한 공주를 연기하고 있지만 숨겨진 통찰력은 앨리시아와 비슷한 면이 있다.

"알겠습니다. 이번 공적은 모두 마술사단장 구스타프의 것으로 발표하겠어요. 괜찮으신가요, 페리스, 자넷."

"네!"

"무, 물론 아버님께선 기뻐하실 테지만…… 하지만……."

머뭇거리는 자넷. 아무리 그래도 페리스가 불쌍하지 않은가. 조금 더 보답을 받아 마땅하지 않은가. 그렇게 석연치 않은 기분이 들었다.

엘리제 공주는 한숨을 쉬었다.

"저도 페리스를 전쟁의 도구로 삼고 싶지 않아요. 하지만 제가 정직하게 보고한다면 페리스는 좋든 싫든 권력의 늪으로 끌려갈 테죠. 자넷은 그래도 괜찮은가요?"

"아, 아니요! 당연히 싫습니다!"

자넷은 다급히 고개를 저었다. 책략가인 아버지를 둔 자넷은 남들보다 궁전에 기생하는 어둠에 대해 잘 안다. 효율적인 지배에 책략이 필요할지도 모르겠지만 순진무구한 페리스의 영혼이 더럽혀지는 것은 보고 싶지 않다.

"그럼 그렇게 하죠. 그리고……."

엘리제 공주는 마도구가 든 주머니를 페리스에게 건넸다.

"이 마도구는 페리스가 맡아주세요."

"제, 제제제제가요?!"

"이번 일로 우리 나라의 그 누구보다 페리스가 지니는 편이 안전하다는 것을 알게 됐습니다. 페리스, 당신을 믿고 맡기겠어요. 부탁을…… 들어주시겠어요?"

자상하지만 거절을 염두에 두지 않는 말. 어리지만 거기엔 왕녀의 위엄이 담겨 있었다.

"네……."

왕족의 부탁이라면 거절할 수 없다. 말은 그렇게 해도 페리스는 아직 왕족에게 무례를 저질러 처형당하는 것이 두려웠다. 주머니를 받아들고서 가슴 앞으로 꼭 안았다.

"고마워요. 앞으로도 저와 우리 나라를 지켜주세요…… 작은 기사님."

엘리제 공주가 몸을 내밀어 페리스의 뺨에 살며시 키스했다.

"……흐에?"

어리둥절한 페리스. 눈이 휘둥그레진 앨리시아와 테테루.

"공주니이이이이임?!"

자넷의 비통한 외침이 빛으로 가득한 왕도에 울려 퍼졌다.

제23장 『평범한 여자아이』

페리스 일행이 왕도에서 마차를 타고 트레이유로 돌아와 마법 학교의 정문을 지났을 무렵, 이변이 일어났다.

돌연 마법 학교 부지를 뒤덮는 반원 형태의 결계가 가시화되어 푸른 하늘에 뚜렷이 떠올라 새빨갛게 빛났고, 뒤이어 첨탑의 종이 맹렬한 기세로 울리기 시작했다. 긴급 사태임을 알리는 경보다. 요 수십 년 동안 시간을 알리는 용도로만 사용되던 종이 날뛰자 교실에 있던 학생과 교사들도 창문으로 고개를 내밀었다.

"뭐, 뭐야?!"

"적습?!"

"설마 마법 학교를 공격하다니!"

"어느 틈에 침입한 거지?!"

"교장 선생님! 교장 선생님을 불러!"

"학생들을 피난시켜라!"

엄청난 소동이 벌어졌다. 마차에 타고 있던 페리스 일행도 깜짝 놀랐다.

"무, 무슨 일이 일어난 거죠?!"

"마법 학교의 방어 시스템이 마도구 아르타마키아에 반응한 게 아닐까?"

"좋아, 그냥 던져버리자!"

"던지면 안 돼요~!"

마도구가 든 주머니를 움켜쥐고서 들어 올린 테테루를 페리스가 다급히 말렸다. 엘리제 공주께서 직접 맡긴 비보를 지평선 너머로 날려버릴 수는 없다.

"그럼 어떻게 할 거야? 선생님한테 소지품 검사를 당하면 들킬 텐데?"

"아마 아르타마키아에서 나오는 마력을 감지한 것 같기는 한데."

"이, 이럴 때는…… 그렇지! 결계에요!"

페리스는 주머니를 두 팔로 안고서 서둘러 결계 마술 언령을 읊었다.

"나선의 망목, 정령의 새장, 대기의 구속자여, 우리의 모습을 모조리 삼키어라…… 스트릭트 케이지!"

마법진이 주머니 바로 위에 발생하더니 원이 겹겹이 생겨났다. 원은 주머니 바깥을 감싸며 줄어들며 강인한 마법 결계의 피막을 형성했다. 페리스는 몇 번이고 결계 마술을 거듭해 철저하게 주머니를 뒤덮었다. 아르타마키아의 마력이 조금이라도 새어 나오지 않게 봉인했다.

그러자 마법 학교 첨탑의 종이 멈췄다. 갑자기 조용해진 경종에 교정과 복도에 있던 선생님들이 고개를 갸웃했다.

"뭐지……?"

"그냥 고장이었나?"
"만약을 위해 순찰해볼 필요는 있을 것 같은데요."
"깜짝이야."
다들 의문스러워하면서도 각자의 일로 돌아갔다.
"……어떻게든 된 모양이네."
"네…… 두근두근했어요……."
페리스는 팔다리로 주머니에 매달리듯이 몸을 늘어뜨리며 숨을 크게 내쉬었다. 금단의 마도구를 맡은 것만으로 중압감이 있는데 이런 사고가 계속 일어난다면 심장이 버티지 못할 것이다.

그리고 기숙사로 돌아온 소녀들은.
페리스와 앨리시아의 방에서 복잡한 얼굴로 침대를 둘러쌌다.
침대 위에 놓인 것은 지체 높은 공주님께서 맡기신 국보였다. 검은 비의 마녀가 원한다는 무서운 마도구이다. 솔직히 여자 기숙사 한복판에 적당히 놓인 것도 무서운 일이다.
"이, 이거 어떻게 하죠……?"
페리스는 어찌할 줄 모르며 친구들의 얼굴을 둘러보았다.
"이 마도구, 검은 비의 마녀와 인간 나라들이 싸웠던 노속 전쟁의 원흉이지……."
"이런 곳에 마도구 아르타마키아가 있다는 게 들켰다간 다양한 나라에서 공작원을 보낼 것 같군요……."
"그렇구나! 최종 전쟁은 이곳 마법 학교에서 시작되는 거야! 세계 멸망이네!"

"어어어어쩌죠~~?!"

친구들의 입에서 계속 무서운 단어가 나오자 페리스는 울먹였다. 공주님의 부탁은 거절하지 못했지만 지금 생각해보면(그때 생각했다 하더라도) 너무나도 무모하다.

앨리시아는 입가에 손가락을 가져가 생각에 잠겼다.

"우선 주머니에서 꺼내두는 편이 좋지 않을까? 이대로는 너무 커서 눈에 띄고 숨기기 어려우니까."

"페리스의 속옷 안에 숨겨두는 게 제일이겠다!"

"그건 너무 대담하잖아요!"

얼굴이 새빨개진 자넷.

"여, 열어볼게요……."

페리스는 조심스럽게 주머니의 주둥이를 열었다. 만악의 근원이라느니 재앙의 마도구라며 무서운 말을 계속 들어서인지 무서워서 참을 수 없었다. 무언가 징그럽게 생긴 것은 아닐까, 공격해오지는 않을까 걱정하며 주머니의 내용물을 꺼냈다.

안에 든 것은…… 또 주머니. 이번엔 조금 더 단단히 끈으로 묶였고 천도 오래된 모습이었다. 그 주머니를 여니 안에는 나무 상자가 있었다. 나무 상자를 여니 더 작은 나무 상자가 들어 있었다. 게다가 이번에는 마술로 봉인되어 있다. 기세를 몰아 계속해서 봉인을 푼 페리스. 그러나 그 안에도 나무 상자. 열어도 열어도 마도구에 도달하지 못한 것이, 마치 양파 껍질 벗기기 같았다.

"어휴, 이렇게까지 겹겹이 포장하다니, 봉인한 사람의 생각을 모르겠군요! 여는 사람 입장도 생각해줬으면 좋겠어요!"

페리스에게 비슷한 선물을 보낸 전과가 있는 자넷이 화를 냈다.

"더워요……."

페리스는 땀으로 흠뻑 젖었다. 긴장과 분투로 심장이 마구 뛰었다. 앨리시아가 실크 손수건으로 자상하게 페리스의 이마를 닦아주었다.

"그러고 보니 마도구가 실제로는 무엇인지 어떤 자료를 봐도 기록이 없었지? 궁금하네."

"무사태평하군요. 분명 멀쩡한 게 아닐 테죠."

"혹시 먹을 건가? 썩지 않았으면 좋겠는데."

"먹을 거라면 절대로 썩었을 거라고요!"

활기차게 떠들며 최선을 다하는 페리스를 지켜보았다. 테테루는 식당에서 간식으로 도넛을 받아와 맛있게 먹고 있었다. 완벽하게 관전 모드였다.

그렇게 한 시간 후.

작은 두루주머니에 도달할 때까지 개봉 작업을 이어온 소녀들은 무척이나 지쳐 침대에 엎어졌다.

"이, 이제야 여기까지 왔군요……. 이번에야말로 내용물을 볼 수 있을 거예요……."

"조심하렴…… 독기가 나올지도 모르니까."

"그때는 내가 방패가 돼서 죽을 테니까 괜찮아!"

"죽지 마시어요!"

"자넷이 나를 사랑하니까?!"

"사랑하지 않아요!"

무척 피곤하지만 아직 활기찼다. 주머니 너머로 어렴풋이 내용물의 윤곽이 떠오른 것처럼 보이지만, 그것이 대체 무엇인지는 아직 알 수 없었다.

페리스가 떨리는 손으로 두루주머니를 열려고 할 때.

"흐냐!"

창문에서 검은 고양이가 뛰어들어 주머니를 가져갔다. 너무나도 갑작스러운 일이라 멍해진 소녀들. 어느 틈에 창문이 열렸는지도 알 수 없었다. 소녀들은 곧장 정신을 차렸다.

"도둑고양이이어요!"

"야옹아, 그건 안 돼요!"

"거기 서라~!"

창문으로 뛰어내린 테테루. 페리스도 그녀를 따라 시원스레 뛰어나가려 했지만 창문틀을 오르지 못해 복도 쪽으로 선회했다. 앨리시아와 자넷도 서둘러 뒤를 쫓아 기숙사 뒷문으로 나갔다. 교정을 달리고 있자니 반대 방향에서 질주해오는 테테루의 목소리가 울렸다.

"저기! 그쪽으로 가고 있어!"

보아하니 테테루에게 쫓긴 검은 고양이가 쏜살같이 페리스 쪽으로 도망쳐왔다.

"여기는 지나갈 수 없답니다!"

자넷은 검은 고양이에게 달려들었지만 검은 고양이는 간단히 피했다. 탄환처럼 화단으로 곤두박질친 자넷. 온몸에 형형색색의 꽃과 풀이 꽂혀서는 잔뜩 화난 모습으로 덤불에서 얼굴을 내밀었다.

"저, 저를 우롱하다니…… 용서할 수 없습니다! 유배! 유배시키겠어요!"

"침착해, 자넷. 지금 시대에 유배라는 형벌은 없어."

앨리시아는 자넷에게 손을 내밀어 화단에서 끄집어냈다.

그러는 사이에 검은 고양이는 곁눈질도 주지 않고 도망쳤다. 담을 넘고 하수구을 지나 학생들 사이를 빠져나갔다. 페리스와 테테루는 열심히 그 뒤를 뒤쫓았다. 앨리시아와 자넷은 하수구에 들어갈 몸집이 아니라 일찍부터 탈락하고 말았다.

검은 고양이는 마법 학교 부지에서 트레이유로 뛰쳐나갔다. 페리스와 테테루는 고양이를 쫓아 중앙 대로로 이어지는 가로수길을 달렸다. 가벼운 내리막길인 탓에 페리스가 몇 번이고 넘어질 뻔해서 테테루가 붙잡아주었다.

두 사람이 상점가 앞 사거리까지 오니 이번엔 검은 고양이가 두 개로 분열해 각각 좌우로 나뉘어 도망치기 시작했다. 게다가 주머니까지 두 개가 되었다. 확연하게 평범한 검은 고양이가 아니지만 페리스 일행은 그런 것을 생각할 여유가 없었다.

"늘어났어요!"

"이쪽은 나한테 맡겨!"

테테루가 왼쪽, 페리스가 오른쪽 검은 고양이를 붙잡기 위해 둘로 나뉘었다.

그 직후, 테테루가 쫓던 검은 고양이가 주머니와 함께 커다란 폭발을 일으켰다. 엄청난 폭풍에 날아간 테테루. 길가 가게의 유리창이 깨지며 사람들이 비명을 질렀다. 테테루는 쓸린 상처도 없이 페리스 쪽으로 훌쩍 달려왔다.

"가짜였어!"

"테테루 씨, 괜찮으세요?!"

"괜찮아, 괜찮아, 폭발은 익숙하니까!"

"익숙하면 안 돼요!"

"페리스도 한 번 맛보면 버릇이 될 거야! 폭발!"

"되고 싶지 않아요!"

두 사람은 속도를 올려 검은 고양이를 뒷골목으로 내몰았다. 테테루는 벽을 타고 달리다 건물 창틀을 움켜쥐고는 자신의 몸을 날렸다. 가벼운 착지로 검은 고양이의 진로 방향으로 돌아들어 페리스와 둘이서 협공했다.

"야……야옹……."

길이 막힌 것을 깨달았는지 검은 고양이의 몸이 굳었다. 현명한 두 눈도 그렇고, 그 안에 깃든 적의도 그렇고, 평범한 동물이 아니다. 검은 고양이는 빈틈을 노리려는 듯이 페리스를 응시하며 신경질적으로 꼬리를 흔들었다.

페리스는 천천히 검은 고양이에게 다가갔다. 이런 생물에게 겁을 주는 것이 싫어 억지로 다가갈 수 없었다.

"저, 저기…… 부탁드려요……. 그거, 돌려주시면 안 될까요? 엄청 위험한 거예요……."

"하아아악!"

"흐냐아아아?!"

털을 곤두세운 검은 고양이에게 놀라 엉덩방아를 찧은 페리스. 자신이 더 무서워하고 있다. 그러나 겁내고 있을 수는 없다. 용기를 짜내 고양이를 달래며 천천히 다가갔다. 인간의 말이 통하지 않을 테니 고양이 말로 설득해보았다.

"야, 야옹……."

무섭지 않다는 뜻을 전하려는 페리스.

"하아아아아악!"

위협하는 검은 고양이.

"야옹! 냐냐냥!"

미안하다는 뜻을 전하려는 페리스.

"하아아아아아아악!"

더욱 위협하는 검은 고양이. 그럴 때마다 페리스는 깜짝 놀라 멈칫했다.

무척이나 수준 낮은 일진일퇴의 공방. 그러나 페리스는 진지했다. 굳이 따지자면 페리스가 밀리고 있었다. 검은 고양이가 더 작지만 거만한 태도로 페리스를 조롱하는 것만 같았다. 그러는 사이에 테테루가 몰래 건물의 지붕으로 올랐다.

"이얍!"

급강하로 검은 고양이에게 달려들었다. 예상 밖의 방향에서 기습하자 검은 고양이는 피할 틈이 없었다. 테테루는 절대로 놓치지 않겠다는 듯이 강하게 검은 고양이를 안았다. 그러자 검은 고양이는 안개처럼 변해 사라졌다.

"앗?! 이번에도 가짜인가요?!"

"괜찮아! 이것 봐!"

검은 고양이가 사라진 뒤에 남은 두루주머니를 테테루가 높이 들었다.

도주극 도중에 찢어졌는지 주머니에서 내용물이 떨어졌다. 태고의 비극을 일으킨 마도구가 공공연히 드러난 것이다. 페리스는 다급히 그것을 주워 손에 쥐었다. 내용물이 무엇인지 느긋하게 확인할 여유도 없었다.

"페리스!"

앨리시아가 가벼운 발걸음으로 뒷골목으로 달려왔다. 이제야 보호자와 합류한 페리스는 가슴을 쓸어내렸다.

"앨리시아 씨! 마도구를 찾았어요!"

"잘했구나. 이리 줘. 내가 맡아둘게."

"어, 하지만 엘리제 씨는 제가 갖고 있으라고……."

"페리스도 직접 들고 있기 불안하지? 또 도둑맞으면 큰일이잖니."

앨리시아는 온화한 미소를 떠올리며 페리스에게 다가갔다.

"네……. 그럼…… 부탁드려요……."

페리스는 앨리시아에게 마도구를 건네려 했지만, 그것보다 빠르게 테테루가 앨리시아에게 달려갔다. 발돋움하며 앨리시아의 냄새를 맡고는 알 수 없다는 듯이 고개를 갸웃했다.

"어라? 이상한데?"

"……왜 그러니?"

미간에 주름을 새긴 앨리시아.

"앨리시아, 평소와 냄새가 다른 것 같아. 땀도 흘리지 않았고…… 향수? 앨리시아가 향수를 썼던가?"

"응. 가끔 기분을 바꾸고 싶으니까."

"하지만 아까까지는 뿌리지 않았잖아? 고양이를 쫓는 사이에 뿌린 거야? 이렇게 바쁠 때 어째서?"

테테루는 앨리시아에게 다가가 계속해서 질문을 던졌다. 앨리시아는 입가가 미세하게 굳어졌다.

"그런 건 지금 아무래도 좋잖아. 나이도 어린 주제에 불만이라도 있니?"

"앨리시아 씨……?"

페리스는 위화감이 들었다. 앨리시아는 평소 그런 짓궂은 말을 하지 않는다. 더 자상하고 온화하며 모든 이를 배려하는 완벽한 사람일 터이다.

페리스는 신경이 쓰여 앨리시아를 가만히 바라보았다. 전에 에우리알레가 알려준 『진실의 눈동자』라는 힘. 그 눈동자를 이용해 위화감의 정체도 알아낼 수 있지 않을까 생각한 것이다.

그러자 보이기 시작했다. 이곳이 아닌 어딘가, 지금이 아닌 시간의 흐름 저편의 광경이. 앨리시아의 모습을 지나 망막한 어둠의 한복판이 비쳤다.

그것은 아름다운 초원이었다. 화단에 앉은 마을 처녀, 요한나의 무릎에 검은 비의 마녀가 머리를 올리고 누워 있었다. 그녀의 표정에는 험악함이 없었고 진심으로 편히 쉬는 듯했다.

『넌 정말로 내 무릎베개를 좋아하는구나.』

요한나가 마녀의 머리카락을 쓰다듬으며 속삭였다.

『좋아하지 않는다. 그대가 부탁하니 어쩔 수 없이 이용해줄 뿐이니라.』

『그런 말 하면 무릎을 안 빌려줄 거야.』

『기, 기다려라, 그리 서두르지 말아라! 이래야 편히 잘 수 있다!』

『그럼 해야 할 말이 있겠지?』

『윽…….』

『자, 빨리.』

『그대의…… 무릎베개가 좋구나.』

『참 잘했어요.』

『성가시긴! 요…… 짓궂은 녀석.』

사이좋게 말다툼하는 두 사람의 모습은 지금의 증오로 가득한 검은 비의 마녀에게서는 상상도 할 수 없이 행복해 보였다.

페리스는 자신도 모르게 중얼거렸다.

"요한나 씨라면…… 검은 비의 마녀 씨한테 소중한 사람, 이죠……?"

"……?!"

앨리시아의 어깨가 움찔 떨렸다.

"그 눈으로…… 소녀를…… 보지 말아라아아아아아!"

비명처럼 외치자 그녀를 뒤덮었던 독기의 껍질이 흩어졌다. 그 안에서 나타난 것은 칠흑의 긴 머리카락, 칠흑의 드레스, 인형처럼 단정한 용모. 검은 비의 마녀였다.

깜짝 놀란 페리스와 테테루 앞에서 검은 비의 마녀는 안개로 모습을 바꾸어 순식간에 사라졌다. 쫓아갈 틈도 없었다.

어리둥절해진 페리스에게로 앨리시아와 자넷이 달려왔다.

"여기 있었구나!"

"찾았다고요!"

두 아가씨는 숨을 몰아쉬며 어깨를 들썩였다. 그 아름다운 긴 머리카락이 뺨에 붙었다. 어지간히 지쳤는지 곧바로 몸을 굽혀 호흡을 가다듬었다.

"앨리시아 씨……?"

"……왜 그러니?"

페리스가 빤히 바라보자 앨리시아가 눈을 깜박였다.

"앨리시아 씨는…… 앨리시아 씨죠?"

"그런데…… 무슨 일 있었니?"

"자상한…… 앨리시아 씨죠?"

"자상한지는 모르겠지만…… 앨리시아야."

의아하게 대답하는 앨리시아에게 테테루가 다가가 냄새를 맡았다.

"……응! 앨리시아의 땀 냄새야!"

"자, 잠깐만……."

앨리시아는 뺨을 붉혔다. 아무래도 그 행동은 너무 부끄러웠다. 달려왔으니 어쩔 수 없었다지만 새삼스레 땀을 흘렸다고 지적을 받는 것은 견디기 어렵다.

자넷이 불안한 듯이 물었다.

"마도구는 어떻게 됐나요?"

"아, 네! 제대로 갖고 있어요!"

페리스는 오른손에 쥔 마도구 아르타마키아를 들었다. 친구들이 모여들었다.

그 금단의 비보는 금색 사슬과 은색 사슬로 연결된 두 개의 펜던트였다. 아주 오랜 물건치고는 손상되지 않아 어떠한 마술로 보호됐다는 것을 알 수 있었다. 두 펜던트 모두 꽃잎 모양으로 중앙의 돌에는 문자가 새겨져 있었다.

"마도구치고는…… 귀여운 펜던트네……."

"디자인도 똑같고, 펜던트 세트 아닐까?"

"저, 저도 페리스와 펜던트를 세트로 맞추고 싶…… 아니, 검은 비의 마녀가 원한다는 마도구가 이렇게 평화로운 것일 리 없어요! 엄청난 마력이 담겼을 거라고요!"

"확실히 엄청난 마력은 느껴지는데……."

정말로 겉보기는 여자아이가 평범하게 지닐 법한 귀여운 펜던트였다. 세계를 뒤흔든 대재앙의 원인인 것 같지는 않았다. 페리스는 살짝 고개를 갸웃하며 마도구를 바라보았다.

마법 학교로 돌아온 뒤로 며칠이 흘러, 페리스는 미들 클래스 A 교실에서 수업을 받고 있었다.

왕도에서는 큰 소동이 있었지만 그 뒤로 딱히 특별한 일이 일어나지 않았다. 검은 비의 마녀가 공격했던 것이 거짓말인 것처럼 마법 학교의 나날은 평온하게 흘렀다.

롯테 선생님의 분필이 칠판을 두드리는 소리, 학생들이 노트를 적는 소리가 리드미컬하게 울렸다. 테테루는 책상에 엎드려 잠을 자고 있었다. 창문에서 드는 화창한 햇살이 페리스의 작은 등을 따스하게 해주어 기분 좋았다.

'후아…… 오늘도 날씨 좋네요…….'

정말이지 낮잠 자기 딱 좋은 환경에서 페리스가 잠시 멍하니 있을 때.

똑똑, 근처 창문을 두드리는 소리가 들렸다. 페리스는 참새가 장난치러 온 건가 싶어 창으로 시선을 돌렸다.

그러나 창문 너머에 있는 것은 새가 아니었다. 살짝 장난기를 띤 눈동자, 그러면서도 기품이 넘치는 얼굴은 페리스가 예상도 하지 못했던 인물, 엘리제 공주였다.

"흐에에에에에에에에?!"

갑작스러운 왕족의 출현에 페리스는 의자에서 껑충 뛰어올랐다. 목소리를 억누를 여유도 없었다. 교실 안의 시선이 페리스에게 집중되고 롯테 선생님이 고개를 갸웃했다.

"왜 그래, 페리스."

"저기, 저기, 그게, 그러니까……."

페리스는 어떻게든 설명하려 했지만 너무 놀란 나머지 말로 나오지 않았다. 애초에 설명해도 좋은지도 알 수 없었다. 다시 창문을 보니 이미 엘리제 공주의 모습은 보이지 않았다.

롯테 선생님은 허리에 손을 얹고서 검지를 흔들며 말했다.

"수업 중에 큰 목소리를 내면 안 돼. 다들 깜짝 놀라니까."

"네……."

“모처럼 낮잠 자는 아이도 깨어날 테니까.”

“네…….”

고분고분하다.

“그건 깨우는 편이 좋지 않나요……?”

당연한 의문을 말한 자넷.

“음냐, 음냐…… 나는 안 자…….”

책상에 침을 흘리며 강하게 주장하는 테테루.

선생님의 주의를 받은 페리스는 힘없이 의자에 앉았다. 무릎에 손을 올리며 반성한다. 다음부터는 창문 밖에 무엇이 있어도, 설령 드래곤이 있다 해도 침묵을 유지해야 한다. 문명사회의 규칙은 어렵다.

가까운 자리의 자넷이 걱정스러운 듯이 속삭였다.

“페리스…… 배라도 고픈가요? 말만 했다면 마시멜로라도 준비했을 텐데요.”

“배, 배고픈 게 아니에요…….”

틈만 나면 먹이를 주려는 자넷. 식량은 상당히 고맙지만 지금은 그다지 배가 고프지 않다. 페리스는 자신이 그렇게까지 항상 배고픈 표정인가 건가 고민에 빠졌다.

옆자리에서 앨리시아가 페리스에게 검은 물체를 건넸다.

“마법약 수업에서 실험으로 만든 과자……? 같은 것……? 이런 게 있는데 먹어보겠니?”

“어째서 마법약 수업에서 과자를 만드시는 거죠?!

“나도 잘 모르겠지만 만들고 말았어.”

"자신도 잘 모르는 것을 페리스에게 주지 마시어요!"

"고맙습니다, 잘 먹을게요."

받은 것은 잘 먹어야 한다. 착한 아이인 페리스는 순종적으로 앨리시아가 내민 과자를 입으로 가져갔다. 새까맣게 타서 정말로 과자인지도 알 수 없었다.

'이대로는 페리스의 목숨이!'

당황한 자넷은 앨리시아의 손가락과 함께 과자를 씹어 페리스를 지켰다.

"……! ……!"

엄청난 맛이 입안을 찌르는 강렬한 자극에 정신을 잃을 것 같으면서도 의지의 힘으로 자신의 책상까지 돌아와 등을 곧게 세운 채 기절했다. 향년 열두 살.

"자넷 씨~!"

페리스의 귀여운 비명은 건물 전체에 드높게 울렸고, 자넷의 귀에는 하늘에서 내려온 천사의 나팔 소리처럼 들렸다고 한다.

쉬는 시간이 되자 페리스는 엄청난 속도로 교실에서 나가 창문 너머의 교정으로 갔다. 눈의 착각일지도 모르니 확인해야 했다.

"왜 그래, 페리스!"

"다음 수업은 밖이 아니야."

테테루와 앨리시아가 따라왔다. 자넷은 책상에서 악몽에 시달렸다. 앨리시아의 음식은 한 번 먹으면 충격이 가시기까지 한동안 시간이 걸린다.

“조금 신경 쓰이는 일이 있어서요!”

페리스는 교정으로 나와 주변을 둘러보았다. 그러자 근처의 나무 뒤에서 엘리제 공주가 조용히 걸어 나왔다.

“공주님?!”

깜짝 놀란 앨리시아.

“……와버렸어요.”

엘리제 공주는 단아하게 몸을 흔들며 장난스럽게 미소 지었다. 왕도에서 만났을 때의 드레스나 메이드 복장이 아니라 파스텔컬러의 로브를 걸치고 후드를 쓰고 있었다. 작은 가방을 어깨에 건 여행 복장이었다.

앨리시아는 곧바로 상황을 파악했다.

“호위병의 모습이 보이지 않는데…… 설마…….”

“네. 저 혼자서 왔습니다.”

“그런…… 무모하세요. 만약 도적이나 왕가의 적에게 납치라도 된다면…….”

“제대로 몸을 지킬 수 있는 도구를 마련했어요. 호신용 플래시 보틀이나 스파크 보틀도, 보세요.”

엘리제 공주는 가방에서 실린더 형태의 매직 아이템을 몇 개인가 꺼내 보여주었다. 몰래 빠져나와 산책할 때를 위해 항상 들고 다니는 물건이다.

“하지만…….”

표정이 어두워진 앨리시아. 그 말투에 엘리제 공주는 앨리시아를 버거운 상대라고 판단했다. 왕궁에서 일하는 유모나 착실한 호위들과 비슷한 느낌. 어린아이치고는 흔치 않은 타입이지만 이런 상대에게는 감정에 호소하는 것보다 논리로 설득하는 편이 빠르다.

"페리스에게 맡긴 마도구 아르타마키아가 걱정됐어요. 확인하러 가고 싶었지만 궁전 사람들에게 용건을 말할 수는 없었거든요. 대신 확인하러 가달라고 할 수도 없으니까요."

"그건…… 확실히……."

앨리시아는 떨떠름하게 인정했다. 아무 일 없이 마법 학교에 도착했으니 다행이지만, 만에 하나 공주의 몸에 문제가 생겼다고 생각하면…… 무서워진다.

테테루가 친근하게 엘리제 공주에게 다가갔다.

"저기, 혹시 엘리제는 성을 뛰쳐나가는 게 취미야?"

"어머, 어떻게 아셨나요?"

"어쩐지 그런 느낌이라서! 왠지 성에 가만히 있는 모습이 상상이 안 된다고나 할까!"

"맞아요. 왕궁 생활은 너무나도 갑갑하거든요. 자유롭게 뛰어다닐 수도 없고, 언제든 예의 바르게 있지 않으면 혼나니까요."

엘리제 공주는 깊게 한숨을 쉬었다. 테테루는 활발하게 끄덕였다.

"응, 응! 나도 그래. 계속 교실에서 얌전히 있으면 질식할 것 같아서 가끔 지붕 위를 달리거든."

"저도 이따금 왕궁을 빠져나와 산책해요. 지붕 위는…… 아직 경험해보지 못했지만 다음에 시도해볼게요."

"지붕은 그만두는 편이 좋겠어요. 왕도에 큰 소동이 벌어질 테니까요."

진지하게 검토하는 엘리제 공주에게 앨리시아가 충언했다. 설마 진짜로 하지는 않겠지만 이 왕족 이단아에게는 상식이 통하지 않으니 경계해두는 편이 좋다.

엘리제 공주는 씁쓸히 웃었다.

"그리고…… 왕녀라는 신분으로 살다 보면 비슷한 연배의 친구도 쉽게 생기지 않거든요. 다들 위축돼서…… 편히 이야기를 나눌 수도 없고요."

"그건 슬퍼요……."

페리스는 가슴팍을 꽉 쥐었다. 왕족은 훌륭하고 부자일지도 모르지만 궁전에 갇혀 친구도 만들 수 없는 것은 잔혹하다.

"그러니 마도구 상태를 확인하고 싶다는 건 여기에 온 첫 번째 이유가 아닐지도 몰라요. 첫 번째는 페리스를 만나고 싶어서, 이니까요."

"흐에?"

엘리제 공주가 손을 붙잡자 페리스는 당황했다.

"저는 왕도를 떠난 적이 별로 없어서 모르는 게 많답니다. 학교 안을 안내해주시겠어요?"

"에, 엘리제 씨 부탁이라면 물론 안내하겠지만…… 선생님께 들킬지도 몰라요."

"그건 슬프네요. 들켰다간 다시 끌려갈 테니까요."

"여, 열심히 할게요……."

책임 막대한 임무에 페리스는 기운을 냈다. 일부러 위험을 무릅쓰면서까지 엘리제 공주가 와줬으니 만족하고 돌아가야 한다. 앨리시아나 자넷에게 신세를 진 적이 많았지만, 타인을 대접하는 것에 익숙하지 않은 페리스는 긴장했다.

"어쩐지 공주님도 평범한 여자아이네. 이미지하고 다른 것 같아."

"그런가요? 테테루는 어떤 이미지를 상상했나요?"

"음, 예쁜 드레스에 파묻혀 마차에서 손을 흔드는 사람!"

"저, 저는 금방 '사형이다!' 하고 말하는 사람이었어요."

"그건 심하네요……."

엘리제 공주는 쓴웃음 지었다.

"하지만…… 아마 저는 평범한 여자아이라고 생각해요. 왕가에 태어나지 않았더라면 평범하게 놀고, 평범하게 공부하고, 평범하게 일하고…… 그런 인생을 만끽했을 거예요."

"평범……."

속삭이는 페리스. 어째서인지 뇌리에 떠오른 것은 요한나와 장난치는 검은 비의 마녀. 그 환상에 나타난 마녀는 정말로 즐거워 보였다.

페리스는 손가락을 물고서 생각에 잠겼다.

"검은 비의 마녀 씨도…… 평범한 여자아이일까요……?"

"그건…… 다른 문제 아닐까?"

"네. 검은 비의 마녀는 역사에 이름을 새긴 대역죄인. 겉보기에 속아선 안 됩니다."

"마녀의 『기억』 쪽은 자상했지만 지금의 완전체는 못됐어."
앨리시아도 엘리제 공주도 테테루도, 모두가 부정했다. 그것도 무척이나 당연한 반응이다. 어렸을 때부터 그림책과 전설로 배운 정보로는 검은 비의 마녀란 모든 나쁜 일의 근원이다. 어른이 하는 말을 듣지 않는 어린아이에게 『검은 비의 마녀가 온다』고 겁을 주는 데 쓰이는 존재이다.
엘리제 공주는 입가에 손가락을 가져가 품위 있게 고개를 갸웃했다.
"그러고 보니…… 왕가에 전해지는 고문서를 조사하다 알게 됐는데 원래 검은 비의 마녀는……."
그때 길 반대쪽에서 학생들이 나타났다. 학생들 너머에는 파이널 클래스 교사의 모습도 보였다.
"……큰일이야. 다른 사람이 공주님을 보게 될 거야."
"내가 구멍을 팔 테니까 숨어!"
"지금부터는 늦어." 해본바 늦었다.
"곤란하게 됐네요. 저는 어떡하면 좋을까요?"
말은 그렇게 해도 엘리제 공주는 그다지 곤란한 표정이 아니었다. 오히려 이 상황을 즐기는 듯한 모습이었다.
"죄, 죄송해요, 이쪽으로 오세요!"
페리스는 서둘러 엘리제 공주의 손을 잡고 달렸다.

교실에 들어간 수비술 선생님은 곧장 미간을 찌푸렸다.
"응……? 한 명 부족한 모양인데…… 페리스는 어디 있지?"

이미 수업 시간인데 미들 클래스 A 페리스의 자리가 비어 있었다. 아니, 엄밀하게는 비어 있지 않았다. 테테루가 어디선가 가져온 수상한 목각 인형 같은 것이 앉아 있었다.

테테루는 인형의 어깨에 손을 얹고서 주장했다.

"페리스라면 여기 있잖아요! 보세요! 동그란 눈동자로 선생님을 보고 있어요! '밥 먹고 싶어요.' 라는데요?"

"지금 장난하는 건가?"

"장난 아니에요!"

엄청나게 진지했다. 테테루는 페리스와 전혀 닮지 않은 인형으로 얼버무릴 수 있다고 진심으로 믿고 있었다. 누가 뭐래도 이 인형은 나비라 족 마을에서는 온갖 재앙을 인간을 대신해 받아준다고 하는 인형이기 때문이다.

앨리시아와 자넷은 경직된 자세로 속삭였다.

"어, 어떻게 할 거죠……?"

"곤란하네……. 공주님이 왔다고 말할 수는 없고……."

이미 왕도는 공주님 실종으로 소동이 벌어졌겠지만, 앨리시아는 마법 학교에까지 야단법석이 나는 것은 피하고 싶었다. 공주님을 숨겼다는 사실을 들킨다면 페리스가 위험해진다. 이번에야말로 왕족의 분노를 사서 처형당할 것이다.

앨리시아는 타개책을 찾아 고민했다. 고지식한 수비술 선생님에게 적당한 변명은 통하지 않을 것이다. 다만 학자로서 수비술에 관해서라면 모든 것을 내던지는 성질을 교묘히 활용하면 페리스가 자리에 없다는 생각을 하지 않게 할 수 있을지도 모른다.

앨리시아는 손을 들어 선생님께 말했다.

“선생님. 그보다 저번 주 수업에서 알려주신 세피로트 넘버의 계산 방법에 대해 자세하게 알려주셨으면 좋겠는데요.”

“호오, 그런가. 구덴베르트 군은 정말이지 열심히 공부하는군. 우선 세피로트 넘버의 정의에 대해 복습해보자. 애초에 영혼의 전환점이라는 것은…….”

수비술 선생님은 기쁘게 이야기하기 시작했다. 생활 마술과 다르게 수비술은 실생활과 연관점이 별로 없다 보니 수업 중에 조는 학생이 많은데, 이렇게 학생이 질문한다면 교사로서는 행복할 따름이다. 자신이 지닌 지식 전부를 전수해줄 각오로 의욕을 냈다.

“어떻게든 됐네요.”

“응.”

자넷과 앨리시아는 가슴을 쓸어내렸다.

한편 페리스 본인은.

“그렇군요, 이게 마법 학교…… 안쪽까지 인형의 집처럼 귀엽네요.”

“네…….”

흥미진진한 엘리제 공주를 데리고 움찔거리며 건물 복도를 걸었다.

아무도 없는 목조 복도. 모든 교실의 문이 닫혀 조용해진 공간에 페리스와 엘리제 공주의 발소리만 울렸다. 언제 교실에서 선생님이 나올지, 언제 혼나게 될지 생각하면 페리스의 다리가 바들바들 떨렸다.

그 모습을 본 엘리제 공주는 영문을 모르겠다는 듯이 바라보았다.

"왜 그런가요, 페리스. 안색이 나쁘네요?"

"저, 저는, 나쁜 아이가 됐어요……. 수업 중에 복도를 걷다니…… 아으으……."

착실하다. 수업 중에는 교실에서 얌전히 있어야 한다고 앨리시아와 롯테 선생님에게 배웠기에 그것을 솔직하게 믿는 페리스. 불량해진 자신이 미안해서 죄악감에 시달렸다.

거꾸로 전혀 착실하지 않은, 아니, 마이 웨이 스타일의 엘리제 공주는 쿡쿡 웃음을 흘렸다.

"괜찮아요. 페리스는 귀빈을 안내하는 중요한 역할을 맡은 거니까요. 그건 평범하게 수업을 받는 것보다 중요한 일이에요."

"그러네요! 다행이에요."

이 이야기도 솔직하게 받아들인 페리스.

'이 아이, 내버려 뒀다간 나쁜 사람에게 간단히 속는 건 아닐까? 그 훌륭한 힘이 악용될 가능성도……?'

엘리제 공주는 조금 걱정이 됐다.

"……엘리제 씨?"

입을 다문 엘리제 공주에게 페리스가 고개를 살짝 갸웃했다.

"……아무것도 아니에요. 꼭 제 곁에 있어 주세요."

"네."

생긋 웃으면서도 잘 이해하지 못한 페리스.

엘리제 공주는 점점 더 걱정됐다. 이것은 엘리제 공주만이 아니라 앨리시아나 롯테 선생님 등, 페리스 주변에 있는 사람에게 공통된 고민인데 누가 뭐래도 페리스는 위태롭다. 숨겨진 거대한 힘과 어린 마음의 균형이 지나치게 치우쳤다.

죄악감을 떨쳐낸 페리스는 다시 학교를 안내했다.

"여기가 마법 약학 교실이에요! 회복약이라든가 해주약이라든가, 다양한 약을 만들어요!"

"페리스도 회복약을 만드나요?"

"네! 앨리시아 씨에게 배웠어요! 앨리시아 씨는 아는 게 많아요! 뭐든지 알아서 제게 알려주세요! 자넷 씨는 자상하고 정말 예뻐요! 가끔 고장 나긴 하지만 좋은 사람이에요! 테테루 씨는 활발해서 항상 저하고 놀아줘요!"

이제는 학교 소개가 아니라 친구 자랑이 됐다. 그러나 눈을 반짝이며 이야기하는 페리스를 보고 있자면 전혀 질리지 않았다.

"페리스의 친구는 좋은 사람들뿐이군요."

미소 짓는 엘리제 공주에게 페리스는 뺨을 붉혔다.

"에헤헤. 다들 엘리제 씨하고도 친한 친구가 될 거예요!"

"그거 기대되네요. 꼭 부탁하고 싶어요."

두 사람이 훈훈하게 이야기를 나누는데 계단 쪽에서 교장 선생님이 나타났다.

"흐아?! 교장 선생님이세요!"

멈춰 선 페리스. 당장 숨을 수 있는 곳이 없다. 엘리제 공주는 후드를 깊게 눌러쓰고 페리스의 뒤에 숨어 지나가려 했지만.

"……음? 못 보던 아이구나."

그렇게 잘 풀리지 않았다. 교장 선생님은 발을 멈추고 엘리제 공주를 바라보았다. 나이는 들었지만 그 주름투성이인 눈꺼풀 사이의 눈빛은 날카로웠다. 아무도 도망칠 수 없을 위엄에 페리스는 몸을 떨었다.

교장은 긴 턱수염을 만지며 천천히 엘리제 공주를 관찰했다.

"우리 학교 교복도 아니고…… 마력이 별로 느껴지지도 않는데…… 누군고?"

"저, 저기, 저기…… 흐아아아아아……."

잘 얼버무리지 못하는 페리스. 교장의 눈이 확 뜨여졌다.

"혹시…… 침입자인가?!"

"아, 아니에요! 그, 그게, 제 친구예요!"

"호오. 그거 좋은 일이구나. 친구는 소중히 여겨야지."

"네……."

"그래서, 누구인고? 이름과 얼굴 정도는 파악해둬야지."

"그, 그건 조금 어려운데……."

"어려운가?"

"네에에……."

페리스는 덜덜 떨며 교장 선생님을 올려다보았다. 완전히 겁먹은 아기 고양이가 되어서는 얼버무리지도 못하고 제대로 대응하지도 못하자 엘리제 공주는 여기까지인가 하고 포기했다.

그러나 교장은 담담하게 끄덕였다.

"어렵다면 어쩔 수 없구먼."

"네?! 그래도 괜찮은 건가요?!"

맥이 빠지는 대답에 엘리제 공주는 자신도 모르게 그렇게 물었다. 수상한 사람을 제대로 조사하지도 않고 놔주는 것은 조직의 우두머리로서 괜찮은 것인지 당황했다.

"자네한테선 악의가 느껴지지 않고 독기의 기척도 느껴지지 않으니 말이다. 하지만 그 목소리…… 어디선가 들은 적이……."

"앗."

엘리제 공주는 입을 가리고 페리스와 함께 그 자리에서 도망쳤다. 이 이상 오래 있을 수 없다. 모처럼 숨겼던 정체가 들킬 것이다.

"요 녀석들, 복도를 뛰면 안 되지!"

"죄송해요~!"

페리스는 속도를 줄인 뒤 되도록 빠른 걸음으로 교장 선생님에게서 거리를 벌렸다.

이대로는 엘리제 공주가 선생님들에게 들키는 것도 시간문제다. 만날 때마다 지금 같은 상황이 된다면 심장이 버티지 못할 것이다. 페리스는 교정으로 나가 엘리제 공주를 데리고 기숙사로 달렸다.

바로 그때, 전투 훈련장 쪽에서 일라이자 선생님이 다가왔다.

"……페리스? 뭐 하고 있습니까. 조퇴인가요?"

무서운 얼굴로 페리스를 노려보았다. 조금은 친해졌을 테지만 얼굴이 무서운 것은 변하지 않았다. 엘리제 공주도 깜짝 놀랐다.

"아, 네, 조퇴예요~!"
페리스는 맹렬하게 달렸다. 조금이라도 일라이자 선생님과 대화한다면 공포에 질려 움직일 수 없을 것이라는 직감에 고른 올바른 선택이었다.
간신히 여자 기숙사의 방에 도착해 바닥에 주저앉았다.
"하아, 하아……. 여, 여기가 앨리시아 씨와 제 방이에요……. 여기라면 다른 사람에게 들키지 않을 테니 안심이에요……."
숨이 턱 밑까지 차올랐다. 무릎 아래까지 땀으로 흠뻑 젖었고 심장은 마구 날뛰었다. 지금까지 많은 모험을 했지만 이번 대모험은 전혀 다른 종류의 것이었다.
그런 페리스의 심정을 아는지 모르는지, 엘리제 공주는 우아하게 실내를 둘러보며 두 손을 맞잡고 눈을 반짝였다.
"와아…… 멋진 방이네요. 오늘부터 저도 여기서 사는 거로군요."
"흐에에?! 그런가요?!"
마른하늘에 날벼락. 페리스는 앨리시아에게서 룸메이트가 늘어난다는 이야기를 전혀 듣지 못했다. 엘리제 공주가 방금 떠올린 생각이니 당연한 일이지만.
"안 되나요?"
슬픈 듯이 눈동자가 촉촉해진 엘리제 공주. 그리고 쩔쩔매는 페리스.
"아, 안 되는 건 아니지만…… 괜찮을까요?"
"남몰래 고양이를 기른다고 생각하면 돼요."

"엘리제 씨는 야옹이가 아니에요!"
"먹을 건 페리스가 먹다 남긴 우유만으로 충분해요."
"배가 고플 거라고요……."
그렇게 페리스와 엘리제 공주가 이야기를 나누고 있을 때. 묵직한 발소리와 함께 문이 열리더니 문턱 너머로 일라이자 선생님이 나타났다.
"꺄아아악……!"
절대로 안전하다고 믿었던 성역에 공포가 강림하자 페리스는 기절할 것만 같았다. 그러나 아직 기절해서는 안 된다. 주어진 중요 임무를 완수해야 한다. 페리스는 서둘러 엘리제 공주를 침대 쪽으로 끌어들였고, 엘리제 공주는 의도를 파악하고 침대로 뛰어들었다. 페리스는 그 위로 이불을 뒤덮어 가렸다.
"페리스! 설마 방으로 공주님을 모셔 온 건 아니겠죠?!"
다급히 방으로 들어온 일라이자 선생님이 다그쳤다.
"저, 저기, 그게…… 흐아아아……."
얼핏 보기에도 수상하게 벌벌 떠는 페리스. 침대 위에는 이불 덩어리가 부스럭부스럭 흔들리고 있었다. 분명 무언가가 있다.
"그, 그것보다 선생님! 어제 학교에서 돌아올 때 귀여운 새를 봤는데요!"
"이야기를 돌리지 마세요! 그걸로 넘어갈 수 있다고 생각하는 겁니까!"
"죄, 죄송해요! 하지만 안 돼요! 들면 안 돼요!"
페리스는 울먹이며 이불 덩어리 앞에서 두 팔을 벌렸지만 호랑이 선생님에게는 선처는 통하지 않는다. 일라이자 선생님은 곧장 이불을 들췄다.

"……어머. 들켰네요."

이불 밑에서 나타난 것은 딱히 주눅 든 것 같지도 않고 어깨를 으쓱이는 엘리제 공주.

"공주님! 뭐하고 계십니까!"

일라이자 선생님은 믿을 수 없다는 듯이 눈을 부릅떴다.

"숨바꼭질, 이려나요?"

엘리제 공주는 고개를 살짝 갸웃했다. 일라이자 선생님의 화난 모습은 옆에서 지켜보는 페리스의 심장이 얼어붙을 정도였지만, 엘리제 공주는 어른에게 혼나는 것이 익숙해 태연했다. 겪어온 수라장이 다르다.

"호위 병사는 어디에 있습니까? 왕궁에서 통달을 받지 않았습니다만, 공주님 혼자서 이리로 오신 건 아니겠죠……?"

"괜찮아요."

엘리제 공주는 생긋 웃었다.

"괜찮지 않습니다! 공주님께서 다치시기라도 한다면 큰일입니다!"

"뜻을 이루지 못하고 도중에 쓰러지는 것도…… 이미 각오했어요."

"만에 하나 쓰러진다면, 그리고 원인이 마법 학교 학생이라면 그 학생이 왕궁에서 어떤 일을 당할지!"

"그때는 마법 학교와 학생에게 영향을 주지 않도록 『다잉 메시지』를 남길게요. 마법 학교를 용서해주세요, 하고요."

"그러면 틀림없이 마법 학교 탓이라고 생각할 겁니다!"

페리스는 두 사람이 다투는 사이에서 갈팡질팡 번갈아 보았다. 상황을 어떻게든 하고 싶지만 어떻게 해야 좋을지 전혀 알 수 없었다.

"……어쨌든 함께 와주십시오. 교장 선생님께 보고해 처리하지 않으면……."

일라이자 선생님은 페리스를 간단히 옆구리에 끼고 엘리제 공주의 손을 잡아 걸었다. 반론을 허락하지 않는 박력에 소녀들은 따를 수밖에 없었다. 페리스로 말할 것 같으면 아무리 발버둥 쳐도 도망칠 수 있을 것 같지 않았다.

일라이자 선생님께 연행되어 학교로 돌아간 뒤 복도에서 교장 선생님과 만났다. 일라이자 선생님은 성난 모습으로 교장 선생님께 다가갔다.

"마침 잘됐군요. 지금부터 데려갈 생각이었습니다. 이 공주님은 호위도 없이 마법 학교까지 숨어들었더군요."

"음? 들켰나. 안타깝구먼."

교장은 살짝 혓바닥을 내밀었다. 나이에 어울리지 않는 익살스러운 행동이었지만 교장과는 어울렸다. 일라이자 선생님의 이마에 힘줄이 불거졌다.

"안타깝다고요……? 교장 선생님께선 알고 계셨습니까?"

"뭐, 그랬지만 모르는 시늉을 할까 했지. 어린아이의 가출 정도는 너그러이 지켜보는 것이 어른의 책무 아니겠나."

"너무 대범합니다! 제대로 책임지고 공주님을 왕궁으로 돌려보내 주십시오! 마법 학교에 괜한 불똥이 튀기 전에!"

"일라이자 선생은 정말로 학생을 생각하는구먼."

"말을 돌리지 마세요!"

상관을 힘껏 노려보는 일라이자 선생님. 교장 선생님은 웃으며 일라이자 선생님을 바라보았다. 그녀가 절대 나쁜 사람이 아니라는 것은 마법 학교의 학생이었던 시절부터 잘 알고 있다. 아무리 일라이자 선생님의 얼굴이 무섭다 해도 교장의 눈에는 지금도 건방진 학생 정도로만 보였다. 한편 페리스는 그런 사정을 모르기에 벌벌 떨 수밖에 없었다.

"어쩔 수 없구먼. 우선 왕궁에는 공주님께서 길을 잃고 마법 학교에 왔다고 보고해두마. 조만간 모시러 오겠지."

"그렇게 적당히……."

교장 선생님은 눈썹이 파르르 떨리는 일라이자 선생님을 신경 쓰지 않고 엘리제 공주에게 말했다.

"그때까지는 만약을 위해 마법 학교 밖으로는 나가지 말아라. 교내라면 결계도 있고 무서운 선생님도 있으니 안전할 게다."

엘리제 공주가 물었다.

"그러니까…… 왕궁에서 마중 나올 때까지는 당당하게 마법 학교생활을 만끽할 수 있다는 뜻인가요?"

"바로 그렇지!"

엘리제 공주를 손가락으로 가리키는 미르딘 월트 경.

"교장 선생님!"

목소리가 거칠어진 일라이자 선생님. 엘리제 공주는 얼굴이 밝아졌다.

"해냈어요. 최고 책임자의 제대로 된 허가도 받았어요, 페리스!"

"다, 다행이에요……."

질풍 같았던 상황에 페리스는 쓰레기통 뒤에 숨어 웅크리고 있었다.

특별 교실의 교단에서 생활 마술 선생님이 말했다.

"이 빙의술을 응용해 장신구에 마술을 부여하면 마력이 약한 일반인도 마술을 쓸 수 있게 됩니다. 다만 그런 장신구는 값비싼 것이 많으니 서민이 가볍게 손에 넣을 수는 없습니다만."

평소와는 다르게 목소리가 떨리는 선생님이 힐끔힐끔 페리스의 옆자리에 시선을 보냈다. 그것도 무리가 아니다.

페리스의 옆에서 온화한 미소를 머금고 수업에 임시 참가한 사람은 엘리제 디 바스테나. 영광스러운 왕가의 공주님이다. 선생님은 어째서 왕족이 시찰하러 왔는지는 모르겠지만, 하필 자신의 수업을 골랐는지 내심 한탄했다.

실수를 저질렀다간 큰일이 벌어져 해임, 최악의 경우 국외로 추방될지도 모른다. 선생님은 가볍게 절망했지만 이런 곳에서 경력이 끊길 수는 없다. 이렇게 된 이상 최대한 자신의 책임이 되지 않게 학생의 재량에 맡긴 수업을 하기로 했다.

"그, 그럼 오늘은 실제로 자신이 좋아하는 액세서리를 만들어 마술을 담는 실습을 해봅시다. 지금까지 배운 것을 응용하면 괜찮으니 서로를 도와주세요!"

서둘러 그렇게 말한 선생님은 곁눈질도 주지 않고 준비실로 도망쳤다. 문 열쇠를 잠근 뒤 선반까지 기울여 문을 막고서 홍차를 끓이며 한숨 놓았다. 이제는 종이 울릴 때까지 버틴다면 왕족과 엮이지 않는다. 책임 회피를 좋아하는 어른의 본보기다.

선생님의 모습이 사라지자 특별 교실은 떠들썩해졌다.

생활 마술 수업 중에도 액세서리 만들기는 모두가 기대하던 시간. 우선 여학생들은 잔뜩 신경 써서 1개월 전부터 소재를 모으던 사람도 있었다. 조개껍질, 네 잎 클로버, 토끼의 꼬리 등, 각자가 귀여운 소재를 책상에 놓고 흥분했다.

페리스를 포함한 사이좋은 네 사람도 미리 별장과 왕도에서 재료를 구해 공유하는 보석 상자에 모아두었다. 엘리제 공주는 그것을 흥미진진하게 바라보며 페리스에게 물었다.

"만약 괜찮다면 저와 같은 액세서리를 만드시지 않겠어요? 모처럼 마법 학교에 왔으니 추억이 될 만한 것이 갖고 싶어요."

"그럼 방어 마술과 감지 마술을 담은 액세서리를 만들어 선물할게요. 만약 위험에 처했을 때 엘리제 씨를 지켜줄 수 있게요."

"기뻐요. 저는 마술은 담을 수 없지만 마음은 정성껏 담겠어요."

미소 짓는 두 사람은 마치 오랜 친구처럼 사이좋았다. 점점 가까워지는 페리스와 엘리제 공주를 보고만 있을 수 없었던 자넷이 끼어들었다.

"저, 저도 페리스와 같은 것이 좋답니다!"

"나도! 우정의 증표, 같은 거?"

"뭐가 좋을까…… 목걸이? 모자?"

"어떤 옷에도 어울리는 액세서리가 아니면 곤란하다고요!"

테테루와 앨리시아도 참가해 시끌벅적 작업을 시작했다.

결국 팔찌를 만들게 되어 미스릴 섬유의 가는 끈에 비즈와 조개껍질을 끼웠다. 테테루는 조개껍질에 구멍을 내려다 몇 개나 망가뜨렸고, 앨리시아는 조개껍질 뒷면에 그림을 그렸다. 자넷은 페리스에게 받은 반지도 사용할지 고민하다 과열됐고, 페리스는 자넷을 간호했다.

그런 소녀들을 바라본 엘리제 공주는 눈웃음 지었다.

"학교란 멋지네요. 여러분은 항상 이렇게 즐겁게 지내시는군요."

"네! 학교는 즐거워요!"

"저도 본격적으로 왕가를 나와 마법 학교에 다니는 것도 좋을지도 모르겠군요."

"흐에에에에에?!"

"왕족의 신분을 버릴 셈이시어요?!"

"가족은 소중히 여기야 해!"

깜짝 놀라는 페리스 일행에게 엘리제 공주는 웃음을 흘렸다. 약간의 농담이었는데 착실하게 반응하는 모두의 솔직함이 기뻤다.

"그렇게까지 제멋대로 굴지는 않아요. 제게도 왕족의 책무가 있으니까요."

"일이 있나요?"

"네, 이것저것. 지금은 그걸 공부하는 중이에요."

고개를 살짝 갸웃한 페리스에게 엘리제 공주는 끄덕였다. 하지만 언젠가. 이 자상한 공간의 일원이 된다면 행복하겠다고, 남몰래 마음속으로 그렇게 기원했다.

다음 날, 왕도에서 마법 학교로 마중 나온 마차가 도착했다. 교장 선생님이 사역마로 엘리제 공주의 소재를 연락한 뒤 몇 시간 후의 일이니, 궁정도 어지간히 당황한 듯하다.

"…………공주님."

달려온 호위 여기사는 어이가 없어 말문이 막힌 모습이었다.

"어머머…… 상당히 화났나 보네요?"

"…………."

이제는 대답조차 없이 온몸에서 분노를 발산하며 하얀 말 옆에서 대기했다. 당장에라도 공주를 안고서 운반할 것 같은 박력이었다.

"돌아가면 세 시간 정도는 설교를 들어야겠네요."

엘리제 공주는 포기한 채 어깨를 으쓱였다. 페리스는 울먹이며 겁에 질렸다.

"마, 많이 혼나나요……?"

"괜찮아요. 어차피 안 들으니까요."

"공주님! 조금은 들어주십시오! 질리실 때도 됐습니다!"

궁정 기사의 아름다운 얼굴에 피로가 엿보였다. 말괄량이 공주님이 왕국사 지도 중에 행방을 감춘 뒤로 왕도를 수색하다 몹시

바빴던 탓이다.

엘리제 공주는 페리스의 손을 잡고서 웃는 얼굴로 다가왔다.

"고마웠어요, 페리스. 당신을 만나 정말 기뻤어요. 반드시 또 놀러 올게요."

페리스는 기쁘게 끄덕였다.

"네! 이번엔 더 많은 수업을 함께 받고 싶어요! 함께 트레이유에도 놀러 가고 싶어요! 더 많이 이야기하고 싶어요!"

"꼭이에요?"

"꼭이요!"

엘리제 공주와 페리스는 손을 맞잡고 웃었다.

분명 그것은 최고의 시간이 될 것이다. 앨리시아를 비롯해 모두에게서 배운 즐거운 일을, 이번엔 자신이 엘리제 공주에게 알려주고 싶었다. 그렇게 생각하는 것만으로 페리스는 작은 가슴이 기대로 부풀었다.

제24장 『소실』

마법 학교가 소란스러워졌다.

돌연 수업 중에 첨탑의 종이 네 번 울리는가 싶더니, 롯테 선생님이 미들 클래스 A 교실에서 밖으로 나갔다. 다른 교실에서도 선생님들이 밖으로 나가 함께 어디론가 달렸다. 다들 얼굴에 당황과 불안감이 감돌았다.

"무슨 일이 생긴 걸까요……?"

"아마 방금 종소리는 긴급 소집 신호였을 텐데……."

고개를 갸웃하는 페리스와 앨리시아. 해산하라거나 자습하라고 지시하지 않은 탓에 무엇을 해야 좋을지 알 수 없는 반 아이들이 술렁였다.

테테루가 자신의 책상에서 페리스에게 달려갔다.

"저기, 교무실 구경하러 가자!"

"어, 하지만…… 아직 수업 시간인데……."

주저하는 페리스.

"괜찮아. 선생님이 없으니까 수업할 수 없잖아. 선생님들은 분명 모여서 메기도 푸딩 먹고 있을 거야! 안 따라가면 손해라고!"

"그런가요?!"

"그렇게 평화로운 이유로 소집할 리가 없다고요!"

자넷은 전력으로 반대했다.

"메기도 푸딩이 아니라 해도 분명 맛있는 음식으로 파티할 거야! 선생님들만 먹을 생각이라고! 우리도 가자!"

"불리지 않았는데 파티에 참가하면 혼날 것 같은데……."

페리스는 그렇게 망설이면서도 신경이 쓰였는지 테테루에게 끌려갔다. 지금은 4교시, 슬슬 배가 고플 시간이다.

"그러니까 먹을 게 아니라고요!"

자넷이 주장했지만 페리스가 교실을 나가버렸으니 소용없었다. 앨리시아와 함께 페리스 일행을 쫓았다. 옆 반 학생들도 무슨 상황인지 궁금한지 복도 쪽 창문으로 얼굴을 내밀고 눈을 끔벅였다.

페리스 일행은 교무실이 가까워지자 발소리를 죽여 벽에 몸을 붙였다. 살짝 실내 상태를 살폈는데 그다지 좋은 분위기가 아니었다.

"밥…… 아무것도 없는데요……."

"이미 먹어버린 걸까? 지금부터 준비하려는 건가……?"

"당신들……."

자넷은 진심으로 걱정하는 페리스와 테테루에게 기가 막혔다. 교무실에 모인 선생님들은 아무리 봐도 연회를 벌이는 표정이 아니다. 태풍 앞의 새들처럼 수군대며 신경질적인 시선을 나눴다.

선생님들 앞에 교장 선생님이 서서 입을 열었다.

"프로스페로 주변 순회에 나섰던 마술사단의 경비 부대에서 연락이 왔다. 왕도가…… 소멸했다고."

단번에 술렁이는 교무실. 페리스 일행도 자신의 귀를 의심했다. 왕도가 소멸하다니 영문을 알 수 없었다. 잘못 들은 것이 아닐까 싶었다.

"무슨 뜻인가요?"

"말 그대로야. 왕도 프로스페로가 이 세계에서 사라지고 말았다는군. 건물도, 주민도, 성벽도, 모든 것이 흔적도 없이 말이야."

일라이자 선생님이 미간을 찌푸렸다.

"철저하게 파괴됐다는 말씀인가요?"

"아니, 파괴라면 흔적이 남았을 테지만 아무것도 없다는구먼. 왕도가 있던 평야는 지금은 그저 평지가 됐다는군. 누가 이런 짓을 했는지는…… 뭐, 상상은 되지만 방법을 모르겠구먼."

"여기도 사라진다는 뜻인가요?!"

"응?"

입구 쪽에서 목소리가 들리자 교장 선생님과 교사들은 문을 바라보았다. 그 너머에서 엿듣고 있던 자넷 일행이 몸을 움츠렸다.

앨리시아가 속삭였다.

"자넷, 목소리를 내면 안 돼."

"하, 하지만……."

"들켰을까요……?"

숨기 위해 서로의 몸을 밀고 밀리며 숨을 죽인 소녀들. 그 목소리는 교무실 안으로 확실히 전해졌다. 일라이자 선생님은 한숨을 쉬며 안경을 쓸어올렸다.
"또 저 아이들인가요……."
"잠깐 교실에 다녀올게."
롯테 선생님은 복도로 나와 주의를 주려 했지만.
"아니, 이만큼 규모가 큰 이상 사태다. 어차피 이야기는 금방 퍼질 게야. 그렇다면 차라리 이야기의 근원을 빨리 해결하는 편이 좋을 테지."
"음…… 어떡하실 건가요?"
"이렇게!"
교장 선생님이 지팡이를 휘두르며 염동 마술 언령을 풍성한 수염 안에서 읊자 입구의 문이 세차게 열리며 페리스 일행의 몸이 떠올랐다.
"아앗?!"
"꺅?!"
"흐아?!"
"대체 무슨 일인가요?!"
비명과 함께 페리스 일행은 교무실로 빨려들어 바닥에 층층이 쓰러졌다. 다시 문이 닫히고 교장 선생님과 선생님들의 시선이 네 사람에게 집중했다. 평범하게 교무실에 불리기만 해도 긴장되는데, 그것과 비교할 수 없을 정도의 압박감이 들었다.
롯테 선생님이 온화하면서도 타협을 허락하지 않는 분위기로 허리에 손을 얹고서 내려다보았다.
"페리스~? 대체 저기서 뭘 하고 있었던 걸까~?"

"죄, 죄송해요! 이제 하지 않을게요!"

페리스는 다급히 고개를 숙였다. 교원들에게 완전히 포위되어 무조건 항복 상태였다. 특히 일라이자 선생님이 교편으로 자신의 손바닥을 치는 모습이 무서웠다.

"그리 사과하지 않아도 된다. 혼란을 막기 위해 되도록 정보를 퍼트리고 싶지 않지만, 자네들은 제삼자도 아닐 테니 말이야."

"흐에?"

교장 선생님은 페리스 일행 쪽으로 몸을 굽혀 다른 선생님에게 들리지 않게 목소리를 낮췄다.

"저번 왕도에서 일어난 사건, 공식적으로는 마술사단장 구스타프의 공적이 됐지만, 사실은 페리스가 노력한 게지?"

"그, 그게…… 저기……."

횡설수설하는 페리스.

"내겐 속이지 않아도 괜찮다. 구스타프 꼬마에 대해선 전부터 잘 알고 있으니 말이야. 확실히 손익 계산과 책략에 뛰어난 소년이었지만 로버트 꼬마처럼 무투파인 것도 아니지. 그렇게 커다란 사건을 하루도 안 걸려서 힘으로 해결하지는 못할 것이야."

앨리시아가 끄덕였다.

"교장 선생님 말씀대로예요. 검은 비의 마녀에게서 공주님을 구한 것도, 왕도의 어둠을 없앤 것도 페리스예요. 제가 공주님께 자넷 아버님의 공적으로 해주십사 부탁드렸어요."

"역시 그랬구먼. 그런 지혜를 쓴 건 자네라고 생각했지."

교장이 만족스러운 듯이 미소 짓자 눈가에 잔뜩 주름이 잡혔다.

정말이지 이 네 사람은 밸런스가 좋은 팀이라고 감탄했다. 혼자서는 문제가 많은 페리스를, 그녀를 사랑하는 친구들이 확실히 보완해주고 있다.

롯테 선생님이 교장에게 질문했다.

"왕도가 사라졌다는 건…… 혹시 왕국군도……?"

"음. 기사단이나 마술사단도 왕도와 함께 사라져 프로스페로가 있던 곳에 남은 것은 순찰에 나섰던 소부대뿐. 각지의 잔존 병력에 소집을 걸었다는구나. 마법 학교의 교원도 전투력이 있는 사람은 도와달라더군."

교장은 일라이자 선생님에게 시선을 보냈다. 군부의 스카우트를 몇 번이고 거절한 실력자인 그녀는 지금 상황에서 특히나 필요한 인재다.

"아버님과 어머님은…… 어떻게 된 거죠……?"

자넷은 두 팔을 안고서 떨었다. 마술사단장인 아버지에게는 큰 일은 없을 것 같아도 어머니는 모른다. 모처럼 조금씩 거리가 가까워졌는데 이렇게 되는 것은 너무 잔혹하다. 더 모녀다운 일을 잔뜩 하고 싶었다.

"다음에 같이 놀자고 엘리제 씨하고 약속했는데……."

페리스도 손을 쥐었다. 엘리제 공주와는 만난 지 얼마 안 돼 서로 모르는 것투성이다. 엘리제 공주는 마법 학교 생활을 즐기며 계속 있고 싶다고 했었다. 모두와 친구가 되고 싶다고 바란 것이다.

그때 엘리제 공주를 제대로 숨겼더라면. 왕도에 돌아가지 않아도 되게 어떻게든 막았더라면. 후회가 부풀어 페리스의 가슴을 짓눌렀다.

"엘리제 씨를…… 구해야 하는데……."

"그럼 함께 왕도를 찾으러 갈 텐가?"

상관의 갑작스러운 제안에 일라이자 선생님이 눈을 부릅떴다.

"교장 선생님! 무슨 무모한 말을!"

"저, 저는 가고 싶어요! 엘리제 씨와 자넷 씨의 집을 꼭 되찾고 싶어요!"

"아, 아무리 그래도 위험하지 않을까? 왕도가 사라지다니 전대미문의 사건이고 무슨 일이 일어날지도 모르니까…… 응?"

롯테 선생님도 식은땀을 흘리며 달랬다. 페리스의 힘은 알고 있지만 이번 소동은 상식을 벗어났다. 잔존 병력으로 연합 부대를 편성해 우호국에도 지원을 요청해야 간신히 맞설 수 있을까 말까 한 상황이다.

"하지만! 소중한 사람들이 곤란해졌는데 가만히 있을 수는 없어요!"

페리스는 울먹이며 호소했다. 어떻게 해서든 다시 엘리제 공주와 만나고 싶었다. 그 자상한 미소가 세상에서 사라진다고 생각하면 참을 수 없었다. 선생님들에게 혼나도, 설령 일라이자 선생님에게 혼난다 해도 지금만큼은 물러설 수 없었다.

"괜찮을 거다, 롯테 선생, 일라이자 선생. 이번엔 내가 책임지고 페리스를 인솔하마. 그럼 문제없겠지?"

"뭐…… 교장 선생님이 엄격히 감독하시면 안전하겠지만……."

일라이자 선생님은 떨떠름하게 인정했다. 교장 미르딘 월트는 바스테나 왕국 마술의 역사가 시작된 이래의 귀재라 칭송받는 산 전설이다. 그 위력은 일개 사단과도 필적한다고 알려져 있다. 그렇기에 마법 학교에는 각국의 스파이도 접근할 수 없다.

"힘을 지닌 사람에겐 나름의 훈련이 필요하지. 슬슬 페리스에게도 커다란 일을 맡겨 실전 전투 훈련을 경험해보는 편이 좋을 거다. 본래 사건을 대처해야 할 마술사단도 왕도와 함께 사라졌으니 말이야."

"교장 선생님~! 저도 가도 될까요?"

"저도……."

"저도 페리스를 따라가겠어요!"

테테루와 앨리시아와 자넷이 자진해서 요청했다. 교장 선생님은 얼굴이 환해졌다.

"음. 평소 페리스의 곁에 있던 자네들도 서포트 수련을 쌓아두어야겠지. 장래 이 팀워크가 어떻게 도움이 될지 모르니까 말이야."

고개를 크게 끄덕인 앨리시아 일행.

"물론 일라이자 선생님도 따라와 주게."

"어쩔 수 없군요. 어르신과 미숙한 학생들만으로는 걱정되니까요."

"저기~ 저는요?"

조심스럽게 손을 든 롯테 선생님.

"자네는 학교를 지켜야지."

"그렇겠죠……."

전투 타입 마술사가 아니라 당연한 일이지만, 처음부터 상대해 주지 않는 것 같아 조금 쓸쓸해진 롯테 선생님.

"저희 집의 호위를 담당하는 다니엘라도 불러볼게요."

"그거 든든하군. 그녀는 수신 전쟁의 영웅이니 말이야."

앨리시아의 말에 교장이 끄덕였다. 이전 마술사단장인 로버트도 소집할 수 있다면 이상적이지만 위치가 너무 멀어 그가 도착할 무렵에는 이미 늦을 위험이 있다.

교장은 웅크리고 앉아 페리스와 시선을 맞추고서 조용히 물었다.

"만약 사건을 해결한다 해도 그걸 해낸 페리스의 이름은 숨겨야 한단다. 많은 사람에게 자네의 힘을 들킬 수는 없으니 말이야. 그래도…… 괜찮겠는가?"

"네!"

페리스는 다부진 표정으로 조금도 망설이지 않고 답했다. 명예나 찬사는 원하지 않는다. 물론 칭찬받는 것은 기쁘지만 그것은 앨리시아 일행에게서 받는 것으로 충분하다. 그것보다 엘리제 공주와 자넷의 가족, 그리고 왕도 사람들의 목숨이 소중했다.

"하아…… 하아…… 하아……."

엘리제 공주는 몽환 회랑을 달렸다. 발소리를 울리며 몇 번이고 절벽에서 떨어질 위기에 처하거나 굶주린 마물의 숨소리를 등 뒤로 느끼며 무아지경으로 도망쳤다.

왕도가 어떻게 됐는지, 이곳이 어디인지, 엘리제 공주는 알 수 없었다. 알 수 있는 것은 그저 붙잡혀서는 안 된다는 것. 몸체의 90퍼센트를 차지할 정도로 눈알만 크고 꿈틀꿈틀 불거진 혈관에서 기묘한 타액을 흘리는 저 괴물들한테서.

놈들의 목적은, 검은 비의 마녀가 노리는 것은 분명 마도구 아르타마키아다. 마녀는 엘리제 공주가 마도구를 갖고 있지 않다는 것을 알아챘을 테니 아마도 인질로 이용할 생각이리라. 엘리제 공주를 미끼로 마도구를 지닌 페리스를 유인하기 위해.

'그것만큼은 안 돼요.'

엘리제 공주는 강하게 생각했다. 그 천진난만하고 귀엽고 천사 같은 소녀에게 폐를 끼쳐선 안 된다. 페리스는 마법 학교의 행복한 세계에서 즐겁게 지내주었으면 한다. 그 아이가 웃었으면 한다. 그러니 절대로 붙잡혀선 안 된다.

그때 회랑의 상공에서 눈알 괴물이 급속도로 떨어졌다.

"……?!"

예상 밖의 방향에서 공격해오자 몸이 얼어붙은 엘리제 공주.

거대한 눈알이 절반으로 갈라지더니 이빨이 빼곡히 자란 주둥이에서 대량의 혈관이 튀어나왔다. 혈관은 꿈틀대며 급속도로 뻗어 엘리제 공주를 침식하려고 공격했다. 혈관의 단면에서 날카로운 침이 무수히 쏟아져 바람을 가르며 날아들었다.

죽음을 각오한 엘리제 공주의 왼쪽 손목이 화려한 빛을 내기 시작했다. 엘리제 공주 자신이 눈을 감고 싶어질 정도의 빛. 빛에 닿은 마물의 혈관이 타오르며 빠르게 녹아 쪼그라들었다. 마물은 고통과 분노로 포효하며 도망쳤다.

"이건…… 페리스의 힘……?"

빛난 것은 마법 학교에서 받은 팔찌. 페리스의 방어 마술이 자신을 확실히 지켜준다는 것을 깨달은 엘리제 공주는 혼자 있다는 불안감이 옅어지는 것만 같았다. 팔찌를 통해 페리스와 이어진 기분이었다.

그러나 마물들은 한 마리가 당한 정도로 겁을 먹지 않았다. 피 냄새를 맡고 더욱 흥분했는지 시끄럽게 으르렁대며 몰려들었다.

엘리제 공주는 팔찌를 손으로 쥐고서 터질 것 같은 폐를 억누르며 달렸다.

바스테나 왕국, 왕도 프로스페로. ……그곳이 있었을 평원.

지금은 그 자리에 그저 평평한 대지가 펼쳐졌을 뿐이었다. 풀 한 포기, 돌멩이 하나 남지 않아 압도적인 위화감과 허무한 존재감만이 감돌았다. 엘리제 공주의 모습은 어딜 둘러봐도 보이지 않았다.

"흐아…… 정말로 왕도가 행방불명됐어요……."

교장 선생님의 인솔로 도착한 페리스는 마차에서 내려 멍하니 바라보았다. 앨리시아, 자넷, 테테루, 일라이자 선생님, 다니엘라도 눈이 휘둥그레졌다. 확실히 이것은 『소멸』이다. 아무것도 모르는 여행객이 찾았다면 자신이 길을 잘못 들었다고 생각할 것이다.

"이제부터 어떡하나요? 어떻게 왕도를 찾아야 하나요?"
페리스는 망연자실하며 교장을 올려다보았다.
"어떻게 할까. 곤란하구나."
느긋하게 답하는 교장 선생님. 일라이자 선생님이 미간을 찌푸렸다.
"……교장 선생님. 설마 아무런 계획이 없는 건……."
"아무런 계획이 없지! 허허허허!"
"……곤란하네."
다니엘라는 한숨을 쉬었다. 교장 선생님의 소문은 로버트나 마술사단 사람들에게 여러모로 들었지만 소문대로 만만치 않은 노인이었다.
"우선 술식의 흔적을 조사해보자꾸나. 이렇게나 큰일을 저질렀으니 반드시 단서가 남았을 것이야."
교장 선생님은 로브 안쪽에서 작은 상자를 꺼냈다. 그것을 땅으로 던지자 작은 상자가 커지며 트렁크가 되더니 입구가 열리며 마도구가 나왔다. 죽통처럼 생긴 물건, 유리처럼 생긴 물건, 받침대처럼 생긴 물건이 공중으로 떠올라 서로 맞물리며 커다란 관측 기계가 되었다. 기계의 여기저기에는 튜브가 연결되어 있어 붉은 액체가 거품을 냈다. 중앙에는 화살표가 달린 구체가 놓였고 표면에 격자 문양이 새겨져 있었다.
"이건……?"
눈이 휘둥그레진 앨리시아.
"크래프트 그리드. 주변 술식을 감지해서 상세한 구조도를 만드는 마도구지. 주말에 취미 생활로 만지작거리던 건데 이럴 때 도움이 되는구나. 역시 취미도 가져야 하는 법이야."

"이게 취미로 만들 수 있는 건가요……?"

자넷은 경악하며 관측 기계를 보았다.

"심심풀이라고도 하지. 그럼 어디 제대로 움직이는지 볼까."

교장 선생님이 크래프트 그리드의 구체에 지팡이를 대자 붉은 액체가 튜브를 순환하기 시작했다. 그 맥동에 따라 구체의 표면에 붉은 입자가 떠오르더니 군데군데 모이며 지형을 만들었다.

"……흠, 흠."

"뭔지 알았어요?"

테테루가 몸을 내밀었다.

"왕도는 사라진 게 아니다. 여기에 확실히 있구나."

"어디에도 보이지 않는데…… 환혹 마술을 사용한 걸까요?"

앨리시아는 주변을 둘러보았다.

"아니야. 여기엔 있지만, 이곳엔 없지. 꼭 은폐됐다고는 할 수 없지만, 이 시간을 사는 누구의 눈에도 비치지 않지."

교장 선생님은 수수께끼처럼 중얼거리면서 지팡이 앞을 공중에 돌렸다.

"그, 그게 무슨……."

페리스가 말하는 도중, 주변으로 거대한 번개가 달렸다. 뒤이어 울린 굉음. 등뼈가 부서질 듯한 충격에 대지가 진동했다. 지면의 여기저기에서 어둠이 솟구쳤다.

"뭔가 옵니다!"

"다들 물러나!"
일라이자 선생님과 다니엘라는 곧바로 무기를 들었다.
페리스 일행을 둘러싼 어둠 속에 홍련의 빛 몇 개가 밝혀졌다.
낮은 으르렁 소리와 함께 어둠에서 무수한 늑대가 뛰쳐나왔다. 아니, 그것은 늑대가 아니다. 머리는 늑대였지만 상반신은 인간, 하반신은 사자. 일그러진 마술사의 망상을 이어 짐승으로 만든 듯한 기분 나쁜 이형.
"마법 생물 템페르기스……!"
앨리시아가 경직된 목소리를 냈다.
템페르기스 군단의 포효가 울렸다. 난폭한 이빨 사이로 흐르는 보라색 타액을 뿌리며 대지를 가르고 돌진해왔다. 소녀들은 비명을 지르며 서로 몸을 모았다. 갑작스럽게 흉측한 적이 나타나 언령 영창이 늦어졌다.
그러자 쉬었지만 낭랑한 목소리가 울렸다.
"영겁의 동, 불후의 은, 숭고의 금이여…… 내 방패가 되어 왜소한 적을 부수어라! 실드 스톰!"
교장 선생님의 지팡이에서 몇십 개의 마법진이 펼쳐졌다. 각 마법진이 실체화해 방패가 되었다. 각 방패에는 갑옷 차림의 옛 기사들이 새겨져 있고, 그 두 눈이 번뜩이고 있다. 방패는 커지며 회전하더니 고열과 섬광을 쏘아 템페르기스 군단을 공격했다.
"갸아아아아아?!"
폭음, 광풍, 귀를 찌르는 아비규환. 방패에서 쏘아진 에너지가 혼돈과 함께 소용돌이를 일으켜 대지에 난폭한 상처를 새겼다.

그 공격에 템페르기스 군단은 용해되어 단번에 날아갔다. 거친 폭풍과 모래 먼지에 소녀들은 필사적으로 서로를 지탱했다.

"역시…… 악마 사냥꾼 미르딘이네……."

굉장한 위력에 다니엘라도 얼굴이 굳어졌다.

"후우…… 이 나이에 큰 마술은 쓰는 게 아니구나. 허리가 아프구먼."

교장 선생님은 별수 없다는 듯이 허리를 두드렸다. 현장에서 물러나 후진 양성에 전념한 지 오래다 보니 육체가 쇠퇴한 것은 부정할 수 없다. 예전 솜씨는 그대로지만 장기전은 힘들지도 모른다.

주변을 둘러싼 어둠이 소용돌이치며 새로운 템페르기스 군단이 생겨났다. 이형의 늑대들은 핏발이 선 눈으로 악문 이빨 사이로 피를 흘리며 밀려들었다.

"어이쿠, 또 왔군."

다니엘라는 동료들의 최전선으로 걸어 나왔다.

"자네도 원기 왕성하구먼."

교장 선생님은 다시 지팡이를 들었다.

"어르신에게 무리는 금물입니다."

일라이자 선생님도 교편을 들고서 언령 영창을 시작했다.

마법 학교의 무투파 두 사람과 굉장한 실력을 자랑하는 여검사. 본래 군부에 소속됐어도 이상하지 않은 정예의 백업은 듬직했다. 마물 무리는 학생에게 다가가지 못했고, 페리스 일행은 직접 싸울 필요가 없었다.

그때 소녀들의 귓가에 목소리가 울렸다.

『뒤에 문이 있다! 여기는 우리에게 맡기고 자네들은 문 너머로 숨거라!』
페리스가 서둘러 돌아보니 어느 틈엔가 뒤에 문이 어렴풋한 모습을 드러내고 있었다. 대체 왕도의 어느 문에 해당하는지는 알 수 없었지만 공간이 흔들려 수도의 입구와 연결됐을지도 모른다고 앨리시아는 생각했다.
"알겠어요!"
"피난해둘게요."
소녀들은 마술과 피가 튀는 전장의 사이를 빠져나와 문으로 뛰어들었다.
교장 선생님과 다니엘라와 일라이자 선생님은 연계하며 템페르기스 군단을 섬멸했다. 그만한 맹공을 받고서도 그들의 몸에는 쓸린 상처 하나 없었다. 포위하던 어둠이 물러가기 시작하며 대지로 빨려 들어가듯 사라졌다.
"……음? 아이들은 어디에 있는고?"
"아씨……? 페리스……?"
"아까까지 근처에 있었습니다만……."
주변을 둘러보는 교장 선생님과 다니엘라, 일라이자 선생님.
그곳에 문은 존재하지 않았다. 아니, 어른들은 소녀들에게 문이 보였다는 사실조차 깨닫지 못했다.
막연하게 펼쳐진 평원 한복판에서 마술사와 검사는 멍하니 서 있었다.

한편 페리스, 앨리시아, 자넷, 테테루 네 사람은 본 적도 없는 곳에서 어리둥절했다.

"저기…… 여기는 어딘가요……?"

"어딜까……."

왕도의 거리와 비슷하면서도 비슷하지 않은 풍경. 떠들썩한 거리도 아니거니와 상점과 사람도 없었다. 프로스페로 시내의 모든 곳에서 보일 터인 궁전도 없었다.

그것은 원대하고도 살풍경한 공간이었다. 공중 여기저기에 원형 석판으로 형성된 광장이 떠 있었고, 광장과 광장 사이를 긴 계단이 연결했다. 계단과 광장에도 토대라 부를 수 있는 것이 없었다. 페리스 일행이 선 곳도 그런 광장 중 하나였다.

지면은 대리석처럼 매끄러워 멍하니 선 소녀들의 모습을 반사했다. 공간의 끝이 보이지 않고 검은 바람 같은 것이 천천히 흘렀다.

"우선 원래 있던 곳으로 돌아가야지!"

테테루는 광장 끝에서 몸을 내밀고 경치를 살폈다. 뛰어내려 볼까 싶었지만 공간의 바닥이 어느 정도의 깊이인지, 애초에 바닥이 있는지도 알 수 없어 그만뒀다.

"우리는 문으로 들어왔었죠?"

"그 문이 보이지 않는군요."

자넷의 말이 맞았다. 뒤에 있어야 할 문이 없었고 소녀들을 불렀을 교장 선생님도 없었다. 듬직한 일라이자 선생님과 다니엘라도 없었다.

앨리시아가 입가에 손가락을 가져가 생각에 잠겼다.
"우리…… 감쪽같이 유인당한 모양이네."
"흐에?! 검은 비의 마녀 씨에게요?!"
"그래. 선생님들과 함께 있으면 성가시니까 떼어낸 게 아닐까? 여기가 검은 비의 마녀가 만든 무대라면…… 싸움도 상대가 유리할 테니까."
"후우, 나도 들어와서 다행이다. 그림책 때는 혼자 남겨져서 쓸쓸했었어!"
"기뻐할 때가 아니라고요! 이제 어쩌죠?!"
자넷은 몸을 떨었다. 이번엔 왕도가 어둠에 둘러싸인 사건보다 감당하기 어렵다. 아마 공간 그 자체가 보통 세계와는 단절됐을 것이다. 게다가 언제 검은 비의 마녀가 등 뒤에서 기습할지 알 수 없다.
페리스는 흠칫거리며 주변을 둘러보았다.
"저, 저기…… 출구도 모르니까 왕도를 찾아볼까요? 교장 선생님이 왕도가 여기에 있다고 말씀하셨으니까…… 어쩌면."
"이 공간에 왕도가 숨겨졌을지도 모른다는 뜻이구나."
"네."
"아, 아버님과 어머님도 이곳에 붙잡혔다면 찾을 수밖에 없겠군요! 출발하지요!"
"힘내자!"
용기를 내 걷기 시작한 소녀들. 가만히 있다간 자신들까지 이상한 이공간에 빨려 들어갈 것만 같아서 가만히 있을 수만은 없었다. 서로의 손을 잡고 주변을 경계하며 무미건조한 광장을 나아갔다.

도망칠 곳이 없다.

엘리제 공주는 허무의 회랑을 도망치는 사이에 광장 끝자락까지 내몰리고 말았다. 광장과 광장은 전부 계단으로 긴밀히 이어졌다고 생각했지만, 이 광장에는 입구는 있어도 출구가 없었다. 마물들에게 떠밀린 엘리제 공주는 벼랑 끝으로 물러났다.

촉수처럼 혈관을 흔드는 눈알 괴물 무리가 엘리제 공주에게 돌격했다. 빛을 내뿜으며 반격하는 팔찌. 그러나 이미 위협의 핵심을 학습한 마물들은 물러나지 않고 제 몸을 버려가며 팔찌에 공격을 반복했다. 계속해서 타버리는 마물의 몸. 그 시체를 밟고 계속해서 다른 적이 밀려들었다.

허용량을 넘었는지 팔찌에 균열이 생기며 두 동강으로 깨졌다. 엘리제 공주는 떨어진 팔찌를 주우려 했지만 너무 늦었다. 눈알 괴물들이 놓칠세라 공격해왔다. 악취를 풍기고 광기의 포효를 지르며.

"아."

엘리제 공주는 순간 뒤로 물러나 광장 끄트머리에서 발이 미끄러졌다. 몸이 둥실 떠오르며 그대로 허공으로 떨어졌다. 천지가 뒤바뀌어 긴 머리카락이 바람에 나부꼈다.

'이걸로…… 됐어요…….'

엘리제 공주는 이런 결말을 바랐다는 것을 깨달았다. 인질이 되어 페리스에게 잔혹한 짐이 될 바에야 조용히 사라지는 편이 좋다. 그렇게 되기를 원했지만.

광장 끄트머리에서 눈알 괴물이 토사류처럼 밀려들어 수많은 혈관이 엘리제 공주를 붙잡았다. 마물들은 서로를 엮으며 반쯤 융합되어 공중에서 몸부림치며 엘리제 공주를 가까운 광장으로 끌어올렸다. 마녀는 편안한 죽음조차 허락하지 않는다. 엘리제 공주를 뼛속까지 집어삼킬 생각이다.

"미안해요…… 페리스……."

음산한 혈관에 휘감겨 공중으로 들린 엘리제 공주는 그렇게 말했다. 폐 속의 공기가 새어 나오고 뼈가 삐걱거렸다. 새하얀 피부에서 피가 흐르고 극심한 통증으로 시야가 흔들렸다. 인질을 죽일 생각은 없다 해도 상처 없이 살려둘 생각도 없는 듯했다. 엘리제 공주는 자신의 무력함에 절망했다.

바로 그때.

"여명의 빛이여, 만물의 근원인 청정한 빛이여, 내가 가는 길을 비춰라…… 브라이트."

사랑스러운 목소리의 영창과 함께 마물 병력이 터져나갔다. 거대한 빛의 구슬이 모든 것을 집어삼킬 기세로 확장해 이형들을 물리쳤다. 천박한 혈관이 절단되고 눈알이 찌부러진 마물이 체액을 쏟으며 독기가 되어서는 폭풍에 휘말려 사라졌다.

혈관에서 해방되어 공중에 내던져진 엘리제 공주.

"영차!"

떨어지는 그 가녀린 몸을 테데루가 뛰어들어 안았다.

엘리제 공주는 격렬히 기침했다. 병력을 순식간에 물리치고 자신을 구해준 어린 소녀, 몸을 던져서라도 지키고 싶었던 소녀를 힘없이 올려다보았다.

"페리스……. 어째서…… 온 건가요……."

"엘리제 씨를 구하기 위해서요!"

페리스는 숨을 헐떡이며 달려왔다.

"저는…… 내버려 둬도 괜찮았는데……."

그렇게 말하면서도 기뻤다. 다시 페리스의 모습을 볼 수 있었던 것이, 자신을 위해 달려온 것이 기뻐서 이러면 안 된다는 걸 알면서도 가슴이 뛰는 것을 막을 수 없었다.

지금까지 많은 호위 궁정 기사들이 있었지만 페리스처럼 곁에 있어 주었으면 했던 인재는 없었다. 어떻게든 그녀를 자신의 기사로 삼고 싶지만, 그런 개인적인 감정으로 페리스의 자유와 장래를 빼앗아선 안 된다는 것도 알고 있다.

엘리제 공주는 테테루의 손을 빌려 자신의 다리로 광장에 섰다. 손목에서 떨어진 팔찌가 땅에 떨어져 있었다.

"미안해요. 페리스가 힘을 불어넣어 준 팔찌가 망가지고 말았어요."

"저, 정말이네요……."

부서진 팔찌를 본 페리스가 눈이 휘둥그레졌다. 부서진 모습을 보는 것만으로 가슴이 아팠다. 분명 친구끼리 맞춘 액세서리는 평범한 장신구와는 다르다. 더 소중한 마음이 담긴 보물. 모두의 인연이 담긴 증표이다.

그러나 엘리제 공주가 미안한 표정을 하는 것이 미안해서 다급히 말했다.
"괘, 괜찮아요. 꼭 수리할 테니까요! ……고칠 수 있겠죠?"
"응, 그래."
앨리시아가 자상하게 끄덕이자 페리스는 가슴을 쓸어내렸다. 엘리제 공주도 안도했지만 홀로 분투한 탓에 온몸에 피로가 몰려들었다.
테테루가 허리에 찬 물통을 건넸다.
"엘리제, 목마르지 않아? 괜찮으면 마셔!"
"고맙습니다."
엘리제 공주는 물통에 입을 대고 하얀 목을 꿀꺽이며 내용물을 마셨다. 평범한 물이 아니라 약간의 생강 향기가 나는 물. 몸 안쪽에서 힘이 솟아나는 것만 같았다. 이렇게까지 마셔도 괜찮은 걸까 걱정스러울 정도로 마시고서 커다랗게 숨을 내쉬었다.
"아마 왕도의 주민들도 이 공간에 붙잡혔을 거예요. 출구를 찾아 도망치게 하지 않으면……."
"아버님과 어머님도 찾아야 해요! 그럼 가시죠!"
소녀들은 고개를 끄덕이고서 몽환 회랑 탐색을 다시 시작했다.

끝없이 이어지는 차가운 계단을 오르거나 내려가다 보니 지금까지와는 다른 광장에 도착했다. 단순히 평탄한 발판이 아니라 이곳에는 생기가 있었다. 지면에 몇 겹의 푸른 선이 있었고 신기한 빛을 냈다. 선은 마치 물처럼 보였지만 만져도 손가락이 젖지 않았다.

갑갑한 어둠의 독기에 압박된 다른 광장과는 다르게 이 공간은 청정하고 산뜻한 기운으로 가득했다. 중앙에는 크리스털 받침대가 있었고 그 위로 아름다운 스피어가 떠 있었다.

"이건 뭘까요……?"

페리스는 스피어의 푸른빛을 얼굴에 받으며 속삭였다. 커다란 목소리를 냈다간 당장에라도 스피어가 부서질 것만 같은, 어딘가 침범해선 안 될 것 같은 여리고 깨끗한 아우라가 있었다. 사악한 검은 비의 마녀에게 지배된 공간에 있을 물건이 아닌 것 같았다.

앨리시아는 스피어를 가만히 관찰했다.

"상당한 마력이…… 이 스피어에서 주위로 흐르고 있어. 어쩌면 이공간을 만드는 건 스피어의 마력일지도……?"

"그, 그럼 이걸 어떻게든 하면 왕도를 되돌릴 수 있는 거군요?!"

"어떻게든 이라니, 어떻게 할 거니?"

"페리스, 너무 다가가면 위험하답니다!"

자넷의 제지보다 빠르게.

단단히 마음먹은 페리스가 스피어에 손을 뻗자 스피어에서 엄청난 충격파가 폭발했다. 주위를 뒤덮은 섬광과 의식을 날려버릴 정도의 굉음에 페리스는 비명을 질렀다. 색채가 사라지고 동료가 사라지고 위치 감각이 사라지고, 오로지 흑백 경치만이 세계를 점령했다.

"어, 어라……? 앨리시아 씨? 자넷 씨? 테테루 씨? 엘리제 씨?! 어디 계세요?!"

페리스는 겁에 질려 소리쳤지만 친구들의 모습은 보이지 않았다. 오히려 아까까지 주위를 침울하게 뒤덮었던 이공간조차 보이지 않았다.

조금 떨어진 곳에 지옥이 보였다.

돌로 만들어진 살풍경한 도시. 높은 건축물이 늘어서 있지만 도시라기보다 요새와 같았다. 그 중앙 광장을 엄청난 수의 전사가 바글바글하게 모였다. 그들이 둘러싼 것은 만신창이가 된 검은 비의 마녀.

"마녀 씨?!"

페리스는 깜짝 놀라 외쳤지만 검은 비의 마녀는 아무런 반응도 없었다.

입가에서 피를 흘리며 손톱이라는 손톱이 벗겨졌으면서도 이를 악물고 땅을 기었다. 빈사 상태인 그녀의 시선이 향한 곳은 리더로 보이는 전사에게 목을 붙잡힌 요한나였다. 마녀의 친구인 소녀도 온몸에 고문을 받았는지 비참한 상처를 입고 있었다.

"그 아이를…… 풀어다오……. 소녀와는 상관없는, 그저 지나가던 마을 처녀다……."

검은 비의 마녀는 애원했지만 전사들의 지휘관은 비웃었다.

"네년은 상관도 없는 년이 인질로 잡혔다고 어슬렁어슬렁 기어 나온 건가? 저항도 하지 않고 얻어맞으면서 비참하게 목숨을 구걸하는 건가? 그럴 리가 없잖아. 이건 네년의 급소다. 줄곧 누

구도 감당하지 못했던 네년에게 이런 약점이 있었을 줄이야……
크하하하하!"

지휘관의 두꺼운 손이 요한나의 머리카락을 거칠게 뒤로 당기자 요한나의 목이 젖혀졌다. 그 목에서 고통의 신음이 흘렀다.

"그만두어라!"

검은 비의 마녀가 외쳤다.

"그만해주세요, 라고 해야지. 네년 같은 괴물이 인간에게 명령할 권리가 있다고 생각하지 마라!"

지휘관이 턱으로 지시하자 전사들이 검은 비의 마녀를 공격했다. 창으로 찌르고, 두꺼운 칼로 때리고, 구둣발로 짓밟았다. 그런데도 검은 비의 마녀는 저항하려 하지 않고 어금니를 깨물며 폭력에 견뎠다.

전사의 창이 마녀의 팔에 박히며 대량의 피가 뿜어져 나오자 요한나가 비명을 질렀다. 혼신의 힘을 쥐어짜 지휘관의 손아귀에서 벗어나 머리카락을 뜯기면서도 마녀 쪽으로 달려가려 했다.

"이 빌어먹을 꼬맹이가!"

지휘관의 대검이 번뜩였다. 힘 조절에 실패했는지, 아니면 이제 볼일이 없다고 판단했는지, 강렬한 참격이 요한나의 등을 파고들었다. 피를 뿌리며 쓰러진 요한나. 검은 비의 마녀는 노성을 지르며 두 팔을 벌렸다. 소매에서 나타난 두 자루의 지팡이를 쥐고서 금단의 무언 영창, 언령이 없는 영창을 실행했다.

그 순간, 광장에 선 전사들의 모든 몸이 절단됐다. 스르륵 미끄러지는 반신. 솟구치는 선홍빛 분류. 피바다가 된 광장에 지휘관이 눈을 부릅떴다.

"네, 네년…… 무슨……."

그 말은 끝까지 이어지지 않았다. 수많은 전사를 베어버린 칼날이 그의 몸으로 모여들어 지나가 버렸기 때문이다. 갑옷도 방패도 대검도, 그의 모든 구성 요소가 철저하게 분쇄되어 그 천박한 본성을 대지에 뿌렸다.

처참한 지옥 속에서 검은 비의 마녀는 더러운 피에 얼룩져 상처 입은 몸을 이끌고 친구가 쓰러진 곳까지 기어갔다.

끊어질 듯이 요한나가 내쉬는 숨은 너무나도 가녀려서 그 목숨이 당장에라도 다하려 했다. 활력으로 가득하던 몸은 잔뜩 차가워졌고 두 눈에는 빛이 사라졌다.

마녀는 팔로 요한나를 안고서 주르륵 눈물을 흘렸다. 검은 비와 같은 눈물을. 홀로 남겨진 갓난아기처럼 울며 요한나의 몸에 매달렸다.

"요한나! 요한나! 정신 차려라! 죽으면 안 된다!"

소녀는 힘없이 눈동자를 움직여 검은 비의 마녀를 올려다보았다.

"미안해…… 방해가 되어서……. 나 때문에 험한 꼴을 당해서……. 내가 너를 지켜줬어야 했는데…… 이제 그럴 수 없겠네……."

"네가 지켜줄 필요 없느니라! 소녀가 지켜주마! 지금까지도, 앞으로도, 계속, 계속 영원히!"

"그러고, 싶었는데……."

"그럼 그렇게 해다오! 부탁이다! 소녀를 이 최악의 세계에 남겨 두지 말아다오!"

"미안해. 정말, 미안해. 널 좋아해 줄 사람은…… 분명 또 나타날 테니까…… 좌절하면 안 돼."

기도하듯 속삭인 요한나의 말이 끊겼다. 가느다란 손이 힘없이 늘어지고 조금씩 움직이던 가슴이 미동도 하지 않게 됐다.

"아아…… 아아…… 아아아아아……."

마녀의 목에서 짐승의 신음이 흘렀다. 뿌드득 갈리는 이빨. 무서운 마녀의 파동으로 칠흑의 머리카락이 꿈틀대며 온몸에서 암흑 물방울이 흘렀다.

그 입술에서 나온 것은 선명히 강렬하고도 애처로운 저주의 말.

"용서할 것 같으냐…… 반드시…… 마지막 한 명까지…… 모조리 없애주겠노라……."

어둠이 폭발하고 커다란 충격과 함께 페리스가 날아가 버렸다.

"……어? 어라?"

정신이 들고 보니 페리스는 원래 있던 이공간에 서 있었다.

어둠으로 가득한 수많은 광장이 계단으로 이어진 무한 회랑. 가까이에는 푸른 스피어가 떠 있었고, 자넷, 테테루, 엘리제 공주가 걱정스러운 표정으로 페리스를 바라보았다. 앨리시아는 페리스가 넘어지지 않게 뒤에서 안아주고 있었다.

페리스는 눈을 깜박였다.

"왜 그러세요?"

"그건 이쪽이 할 말이어요! 갑자기 넋이 나가더니 말을 걸어도 전혀 대답하지 않게 되고! 무척 걱정했다고요!"
자넷은 울 것 같은 얼굴로 화를 냈다.
"어……? 저는 멍하니 있지 않았는데…… 계속 검은 비의 마녀 씨를 보고 있었는데요……."
"검은 비의 마녀? 어디, 어디?"
주변을 둘러보는 테테루."
"저기, 지금은 없어요. 아, 그리고 다른 분들은 어디에 계셨나요?! 갑자기 사라졌었잖아요!"
"우리는 계속 여기에 있었는데요?"
엘리제 공주는 알 수 없다는 듯이 페리스의 얼굴을 들여다보았다.
"어, 하지만, 하지만."
"으음…… 아무래도 이야기가 맞물리지 않네……."
소녀들은 고민에 빠졌다. 착실한 페리스가 거짓말이나 적당한 말을 할 리가 없지만, 앨리시아 일행이 인식하는 상황과는 너무나도 거리가 있었다.
"……우선 페리스가 무엇을 봤는지 알려주시겠어요?"
엘리제 공주가 물었다.
페리스는 스피어를 건드린 뒤에 일어난 일을 자세히 설명했다. 검은 비의 마녀가 요한나라는 소녀를 인질로 잡힌 일, 요한나가 살해당해 폭주한 일. 이야기하는 페리스는 흥분한 데다 혀가 짧아 그다지 잘 설명하지 못했지만 친구들은 진지하게 귀를 기울였다.

모든 것을 들은 엘리제 공주는 품위 있게 턱을 괴며 생각에 잠겼다.

"혹시…… 페리스는 검은 비의 마녀가 지닌 기억을 엿본 건지도 모르겠군요."

"기억……이요?"

"네. 저희 왕가에 전해지는 고문서에 『검은 비의 마녀는 어떤 사건을 계기로 폭주했다.』고 적혀 있어요. 그 사건에 대해서는 문헌이 사라져 알 수 없었지만…… 어쩌면……."

앨리시아가 미간을 찌푸렸다.

"누군가 소중한 사람의 죽음이 계기였을지도 모른다는 건가요?"

엘리제 공주가 끄덕였다.

"어째서 페리스에게 검은 비의 마녀가 지닌 기억이 보였는지는 모르겠지만……."

"분명 스피어에 마녀의 마력이 잔뜩 담긴 탓이어요! 거기에 마녀의 기억이 뒤섞였을 거예요!"

"마력에 기억이 뒤섞이기도 하나?"

고개를 갸웃한 테테루.

"검은 비의 마녀는 평범한 인간이 아닌 유체고, 페리스는 진실을 꿰뚫어 보는 눈을 지녔으니 불가능하지는 않을 거야."

페리스는 떠올렸다.

"그러고 보니…… 아까 환상에서 나왔던 요한나 씨라는 사람을 꿈에서 본 적 있어요! 검은 비의 마녀 씨하고 정말 친했어요! 그냥 꿈이라고 생각했지만요."

"다양한 사건으로 검은 비의 마녀가 사용한 마력에 닿아 마녀의 기억이 꿈에 나왔는지도 모르겠네."

"검은 비의 마녀가 지닌 기억…… 이곳을 빠져나갈 단서가 될 것 같네요."

엘리제 공주의 말에 테테루가 힘차게 주먹을 올렸다.

"좋았어~! 여기서 다 함께 낮잠을 자서 페리스가 그 꿈을 또 꾸면 돼!"

"이런 곳에서 자면 위험하다고요!"

"페리스, 한 번 더 스피어를 봐줄 수 있나요?"

"네……."

페리스는 조심스럽게 스피어에 다가가 그 표면에 손을 댔다. 아무것도 일어나지 않았다. 찰싹찰싹 만져보지만 폭발도 경치 변화도 일어나지 않았다.

"죄, 죄송해요…… 보이지 않는데요……."

페리스는 미안한 마음에 울먹이며 친구들을 올려다보았다.

"울지 않아도 괜찮답니다!"

"이 스피어에서 엿볼 수 있는 기억이 하나뿐이었는지도 모르겠네. 마력의 흐름은 여기저기에서 느껴지니 다른 스피어를 찾아보자."

"네! 힘낼게요!"

페리스는 용기 있게 주먹을 쥐었다.

페리스 일행은 원형 광장이 점재하는 공간을 배회했다.

태양도 달도 없는 세계. 매끈한 계단을 계속 돌고 있자니 여기 이공간에 말려들고 얼마나 지났는지 시간 감각도 애매해졌다. 그것은 마치 주변에 감도는 그림자 아지랑이처럼 모호해서 페리스는 정신이 아득해졌다.

"……찾았어요. 기억 스피어예요."

"흐아?!"

엘리제 공주가 말을 걸자 페리스는 정신을 차렸다. 보아하니 광장 중앙에 크리스털 받침이 있고 그 위에 뜬 스피어가 천천히 돌고 있었다.

"그, 그럼…… 안을 볼게요."

페리스가 조심스럽게 스피어를 건들자 아까와 마찬가지로 충격파가 느껴졌다.

그것은 작은 마을의 광경이었다.

줄지어 세워진 집은 오래된 디자인으로 오가는 사람의 복장도 옛것이었다. 축제라도 열렸는지 사람들이 많았고 가도는 화려하게 장식됐다.

그 거리 안에 검은 비의 마녀와 요한나가 사이좋게 이야기를 주고받았다.

"이거 봐. 노점에 엄청 귀여운 펜던트가 있어서 그만 사버렸어!"

요한나는 숨을 헐떡이며 펜던트 두 개를 내밀었다. 꽃잎 모양을 한 귀여운 디자인이었다.

"비쌀 것 같은 펜던트구나……. 아무리 축제라지만 너무 들뜬 것 아니냐? 조금은 자중해야지."

검은 비의 마녀는 떨떠름한 얼굴로 고개를 저었다.

"하지만 이것 봐. 돌을 햇빛에 비추면 일곱 빛깔까지 나와, 예쁘지 않아?"

"예쁘기는 하지만 그리 간단히 돈을 써도 괜찮으냐? 오늘을 위해 열심히 모은 심부름 값이었거늘."

"에이, 됐어! 자!"

요한나는 펜던트 하나를 마녀에게 건넸다.

"어……?"

"두 개가 한 쌍인 물건이 갖고 싶었어. 그러니까 아무리 돈이 들어도 상관없어. 오늘 축제에 온 것도 한 쌍인 물건을 사고 싶었던 거니까."

"한 쌍이라고……? 소녀와……?"

검은 비의 마녀는 멍하니 눈을 깜박였다. 그 눈빛은 살며시 젖어 있었다.

"응! 이건 말이지, 두 사람이 계속 함께한다는 증표야. 만약 약속을 깨트리면 큰일이 벌어질 거라고!"

"음…… 그렇구나……. 소녀들은 계속, 계속 함께 있을 것이니라. 아무도 이 시간을 망가뜨리지는 못한다."

요한나와 검은 비의 마녀는 서로의 목에 펜던트를 걸어주며 기쁜 듯이 미소 지었다. 그것은 그녀들의 약속이 깨진 지옥과는 전혀 다른, 정말로 행복한 광경이었다.

"하아…… 하아…… 하아……."

페리스는 거친 호흡과 함께 기억의 바다에서 현실로 돌아왔다.

"왜 그러시나요?!"

"뭔가 알아낸 게 있나요?"

자넷과 엘리제 공주가 걱정스러운 듯이 페리스의 얼굴을 들여다보았다. 뒤에서는 앨리시아와 테테루가 페리스의 몸을 지탱해 주고 있었다.

"저, 저기, 그게……."

페리스는 주머니에 손을 넣어 마도구가 든 주머니를 꺼냈다. 거기에서 아르타마키아를 꺼내 빤히 관찰했다.

"역시 그래요……. 검은 비의 마녀 씨와 요한나 씨가 함께 지녔던 펜던트가 이거예요……!"

"이렇게 무서운 마도구를 한 쌍으로 지녔다는 건가요? 싸움을 위해서였을까요?"

"아니에요. 그 사람들은 평범하게 같은 물건을 원했을 뿐이에요. 아마 마법 학교에서 팔찌를 만들었던 우리처럼……."

"같은 물건을 원했다고……?"

테테루가 자신의 손목에 걸린 팔찌를 멀뚱멀뚱 바라보았다.

"이 마도구가…… 옛날의 무서운 전쟁의 원인이었죠?"

페리스가 그렇게 물으며 바라보니 앨리시아가 끄덕였다.

"그래. 굉장한 마력이 담긴 마도구를 서로 빼앗으려 검은 비의 마녀와 온 세계의 나라가 싸웠다고 알려졌어."

"어째서 이렇게 귀여운 펜던트인지는 알 수 없지만요……."

엘리제 공주는 고개를 갸웃했다.

페리스는 펜던트를 쥐었다.

"어쩌면……."

어쩐지 모든 것의 원흉을 알게 된 것 같았다. 어째서 그렇게까지 검은 비의 마녀가 이 마도구를 고집했는지도. 그녀가 세계를 공포에 빠트려 수많은 목숨을 앗아가고, 원념이 되어서까지 현대에 되살아나 왕도를 어둠에 삼킨 이유를.

그러나 정말로 그렇다면…… 너무나도 슬프다.

페리스는 한 쌍의 펜던트를, 검은 비의 마녀와 요한나의 펜던트를 소중하게 집어넣고서 다시 어두운 공간을 걷기 시작했다. 마녀에게 물어봐야 하는 일이 있다.

멀리서 사람이 싸우는 소리가 들렸다.

"뭘까……?"

"저기 누가 있어!"

소녀들이 계단을 달려 오르자 익숙한 갑옷을 입은 병사들이 마물과 싸우는 곳에 도착했다. 왕도의 마술사단이다. 마술사단장 구스타프가 섬멸계 대규모 마술로 마물들을 날려버리고, 다른 병사들도 엄호하며 불꽃 탄을 쏘았다.

"아버님?! 무사하셨나요?!"

"자넷?! 또 이런 곳까지 왔느냐! 못 말릴 딸이군!"

구스타프는 무척이나 황당해하며 목을 으쓱였다.

"도와드릴게요!"

페리스는 두 손을 들어 마물들 쪽으로 돌진했다. 앨리시아와 자넷은 지팡이를 들고, 테테루가 엘리제 공주를 지키며 전장으로 뛰어들었다.

울려 퍼지는 언령 영창, 날아드는 마술 불꽃.

머리가 없는 네 다리의 이형, 투명한 껍질에 칠흑의 유동체를 채운 마물이 맹렬한 기세로 마술사단에 밀려들었다. 마술사단은 필사적으로 항전을 계속했지만 없애고 없애도 솟아나는 마물과 조금씩 거리가 좁혀졌다.

"이래선 끝이 없겠어요!"

초조해하는 자넷 옆에서 앨리시아가 냉정하게 전장을 둘러보았다.

"어딘가에 마물 조련사가 있는 건지, 아니면 입구가 있는 건지…… 원인을 찾아야 해."

"킁킁…… 저기에 이상한 게 있어!"

테테루가 가리킨 곳, 마물 군단 너머에는 기묘한 기둥이 우뚝 솟아 있었다. 울퉁불퉁한 가지가 뻗어 있어 커다란 나무처럼 보이기도 하지만, 표면에 새겨진 문양과 언령으로 볼 때 분명한 인공물이었다. 가지가 규칙적인 방사형 모양으로 자란 것도 부자연스러웠다. 기둥 주위로 검은 안개가 모여들어 응축되더니 마물로 모습을 바꾸었다. 마물은 한동안 탄생의 고통으로 몸부림친 후, 추한 몸을 꿈틀대며 걷기 시작했다.

엘리제 공주가 겁에 질렸다.

"아마…… 저것이 원흉이겠네요."

"알겠어요! 부술게요!"

페리스는 두 손을 들고 언령을 읊었다.

"빛나는 구름이여, 암흑보다 농밀한 살의여, 저자를 연주하여라…… 팬텀 블래스트!"

거대한 마법진이 페리스 일행의 상공에 출현했다. 회전하는 문양 사이로 요동치는 구름 덩어리가 모습을 드러내더니 넘쳐흐르듯 밖으로 나왔다. 구름 덩어리가 격노하며 번개를 동반한 폭풍이 일었다. 섬광의 손가락이 공기를 불태우고 탐욕스럽게 지면을 핥았다.

"꺄아아아아아아악?!"

"햐아아아아아아악?!"

소녀들의 비명. 어째서인지 마술을 사용한 당사자인 페리스까지 깜짝 놀라 엉거주춤했다. 전투 마술의 교본으로만 배운 번개 마술을 사용해봤지만 이만한 위력일 줄은 예상하지 못했다. 실제로 본디 더 작은 규모의 마술이다.

그러나 페리스의 강력한 마력으로 나타난 공격의 파괴력은 상식을 벗어난 수준이었다. 단번에 마물들이 소멸하고 그들을 만들던 기둥까지 타올랐다. 날카로운 원념의 포효를 외치며 불꽃 속에서 몸을 비틀다 녹아들더니 결국 검은 재가 되어 사라졌다.

"지, 지금 건 뭐지?!"

"누가 한 거야?!"

"새로운 적인가?!"

혼란에 빠진 마법 병사들. 마물 군단이 섬멸됐는데도 경계하며 방위진을 굳혔다. 그들이 아는 마술 중에 저렇게 장렬한 것은 존재하지 않는다.

"……곤란하네."

앨리시아는 페리스를 품 안에 숨겼다. 난전이었던 덕분에 마술을 사용한 사람의 정체는 들키지 않은 듯했지만 만에 하나라도 페리스를 의심하면 곤란하다.

"흐에? 안아주시는 건가요?"

어리둥절한 페리스.

"그래, 안아줄게. 잠깐 나하고 꼭 붙어 있자?"

"네! 꼭 붙어 있을게요!"

생긋 웃는 페리스는 앨리시아에게 안겼다. 그것을 바라보며 이를 가는 자넷은 평소와 마찬가지였다. 영문도 모른 채 덩달아 페리스에게 달려든 테테루도 여전했다.

"여러분! 공주님도!"

마술사단 병사들 안에서 미란다 대장이 달려왔다. 상처투성이에 전투복도 찢어졌지만 생명에 지장은 없었다.

"미란다 씨! 무사하셨군요!"

페리스가 기뻐하자 미란다 대장은 어깨를 으쓱였다.

"이래 보여도 일단은 왕국의 수호자인 마술사단이니까요. 기사단과는 다르다고요."

"그 말을 들으면 우리 집 호위가 화낼 것 같네……."

앨리시아가 기사단의 영웅으로 불리는 여성의 얼굴을 떠올리며 쓴웃음 지었다. 다니엘라도 태연하게 보여도 옛 직장인 기사단에 애착이 있다.
마술사단장 구스타프가 머리를 저으며 걸어왔다.
"정말이지…… 여전히 터무니없는 아이들이군……. 이럴 때 일부러 왕도까지 오다니, 자중이라는 말을 모르는 건가."
"자중하고 있을 수 없어요! 아버님과 어머님이 위험하신데 내버려 둘 수 없다고요!"
자넷은 당당하게 가슴을 폈다.
"봐라, 애들아. 이것이 라인츠리히의 후계자다. 대단하지?"
구스타프도 말은 그렇게 해도 자랑스러워했다. 마술사단 병사들은 곤란한 듯이 멋쩍은 웃음을 떠올렸다. 구스타프는 책략가로 악명 높지만 이러고 있으면 평범한 부모다.
엘리제 공주는 구스타프 단장에게 알렸다.
"서둘러 이곳 이공간에서 탈출할 방법을 찾아보죠. 휘말린 분들을 되도록 구출하고 싶지만, 우선 마술사단이 탈출해 태세를 정비하는 것이 먼저입니다."
구스타프는 한숨을 쉬었다.
"그렇게 생각해 오랫동안 출구를 찾았습니다만 발견하지 못했습니다. 아무래도 검은 비의 마녀를 쓰러뜨리지 않으면 이공간을 파괴할 수 없는 모양인지라…… 그 본거지를 총공격하려고 할 때 복병의 반격을 받았습니다."
"그래요……. 그리 간단히 놓치지 않겠다는 거로군요."
엘리제 공주는 단아한 미간을 찌푸렸다.
구스타프가 마법 병사들에게 알렸다.

"어쨌든 검은 비의 마녀가 더욱 힘을 되찾게 놔두지 않는 것이 최우선이다. 이곳 이공간의 어디에 마녀의 마도구가 숨겨져 있는지, 아니면 이미 마녀가 마도구를 손에 넣었는지…… 후자라면 내버려 둘 수는 없다."

"저, 저기, 만약 마도구를 발견하면 어떡하면 좋을까요?"

페리스가 물었다.

"물론 전력을 다해 지켜라. 검은 비의 마녀에게 넘어간다면 모든 것이 끝이다. 그것을 인류의 손으로 지키기 위해 태고의 노속 전쟁이 벌어졌다고 알려졌을 정도니까."

"그, 그렇겠죠……."

강한 어조로 말하는 구스타프에게 위축된 페리스. 마도구 아르타마키아가 든 주머니를 꼭 안았다.

"페리스…… 당신이 마도구를 들고 있다는 사실은 다른 분께 비밀이에요."

엘리제 공주가 귓속말하자 페리스는 고개를 끄덕였다. 페리스는 이 마도구를…… 펜던트 세트를 가지고 검은 비의 마녀와 만나야 한다.

"그럼 우리 마술사단은 본거지를 총공격하겠습니다. 공주님 일행은 되도록 안전한 곳으로 피난해주십시오."

구스타프는 그렇게 말했지만.

"저, 저도 갈게요! 검은 비의 마녀 씨에게 물어보고 싶은 게 있어요!"

페리스가 다급히 손을 들었다. 구스타프의 표정은 떨떠름했다.

"물어보고 싶은 것? 그 괴물과 대화가 통할 거라 생각하나."

"어, 어쩌면…… 그게……."

페리스는 자신의 안에 떠오른 예감과 생각을 잘 전할 수 없어 답답했다. 어른을 설득할 만큼 논리를 정돈하는 것이 어려운 데다, 애초에 자신의 가설에도 자신이 없었다.

그것을 본 엘리제 공주는 가볍게 숨을 내쉬었다.

"구스타프. 저희도 동행하겠습니다."

"하오나…… 민간인을 지키는 것은 왕국군의 책무이니……."

"이건 명령입니다. 저는 왕족으로서 전황을 지켜볼 책무가 있습니다. 자넷과 페리스 일행도 당신을 돕기 위해 위험을 무릅쓰고 여기까지 왔습니다."

"……어쩔 수 없군요. 그럼 우리가 방패가 되겠습니다. 절대로 무리하지 마십시오."

구스타프는 마술사단장으로서 왕족의 명령을 받아들일 수밖에 없었다.

몽환 회랑의 안쪽의 안쪽, 몇백의 계단을 내려간 끝에 그 응어리가 있었다.

몇 면체인지도 알 수 없는 암흑 다이아몬드, 거대한 껍질이 한 층 전부를 채우고 있었다. 면 하나하나는 잘 다듬어져 반짝였고 그 내부에서 농밀한 어둠이 새어 나왔다. 그것은 전에 일라이자 선생님을 삼켰던 고치와 닮았지만 비교할 수 없는 공격성과 위압감을 내뿜었다. 분명 이것은…… 완성체다.

페리스는 검은 비의 마녀가 지닌 마력이 여기에서 몽환 회랑 전체로 퍼지고 있다는 것을 깨달았다. 이공간을 유지하기 위한 막대한 마력을 이 아름다운 보옥이 공급하는 것이다.

구스타프가 마술사단 병사들을 둘러보았다.

"그럼 신호와 함께 사방에서 총공격을 가한다. 알겠지?"

"정말로…… 그거면 될까요……?"

페리스는 조심스럽게 끼어들었다.

"그게 무슨 말이지?"

구스타프가 엄격한 눈빛을 보내자 엉거주춤 뒤로 물러났다.

"저, 저기…… 달리 방법이 있을 것 같아요. 한 번 더 검은 비의 마녀 씨와 이야기해본다거나!"

"그게 가능하다면 과거에 노속 전쟁은 일어나지 않았을 거다. 중핵인 왕도가 삼켜진 이상, 검은 비의 마녀를 없애는 방법 외에는 우리 나라를 구할 수 없어."

"하지만……."

페리스는 계속 이야기하려 했지만 적과 아군의 목숨이 무정하게 사라지는 전장에서 어린아이의 목소리는 어른에게 닿지 않는다.

"자, 시작한다. 영창하라!"

구스타프 단장이 지휘관의 위엄 있는 지팡이를 들자 마술사들도 지팡이를 들고서 언령 영창을 시작했다. 수많은 마법진이 껍질을 포위해 포격 준비를 마쳤다.

바로 그때, 주위로 격렬한 진동이 울렸다. 땅이 아닌, 공간 자체에 이는 진동. 시야가 일그러지고 의식마저 끊어질 것만 같았다.
"꺄악?!"
"날아갈 것 같아요!"
"페리스는 놓지 않겠어요!"
소녀들은 서로를 붙들며 몸을 지탱했다.
동요하는 마술사단 앞에서 암흑의 껍질이 불길한 교성을 울리며 꽃을 피웠다. 날카롭고 뾰족한 꽃잎을 삐걱대며 사악하면서도 묘한 탐미의 안쪽을 드러내기 시작했다. 독기의 열파, 암흑의 짙은 안개가 넘치며 숨겨져 있던 주인이 눈을 떴다.
"……왔느냐. 자신의 무력함에 떨며 숨어 있으면 좋았을 것을. 구태여 재앙을 자초하다니 어리석구나."
왕좌와 같은 껍질 안쪽에서 잔뜩 피곤한 음색으로 중얼거린 검은 비의 마녀. 절망에 물든 그 눈동자는 오싹할 정도로 품위가 있어 아름다웠다.
광대한 폐쇄 공간이 흔들리며 울렸다. 하늘이 보이지 않는 하늘에서 칠흑의 비가 내리기 시작했다. 주룩주룩, 조용히, 모든 생명에게 진혼가를 바치듯이. 아니, 그것은 진혼이 아니다. 증오. 굳어진 악의가 모든 공기를 가득 채웠다.
검은 비의 마녀는 그 온몸에서 독기의 촉수를 뿜었다. 촉수는 굉음과 함께 팽창하며 마술사들, 그리고 소녀들을 찌르려 날아들었다.
"그만두세요오오오!"
페리스가 손을 내밀자 커다란 마법 결계가 마술사단과 소녀들을 감쌌다. 보기엔 얇지만 그 무엇보다 단단한 장벽이 촉수를 계속해서 막아냈다.

영창 없이 펼쳐진 방어 마법. 대중에게 들켰다간 성가신 일이 벌어진다. 앨리시아는 일라이자 선생님에게서 받은 은신 마도구를 꺼냈다. 작은 소리굽쇠가 담긴 유리구슬. 표면을 손가락으로 가볍게 튕기자 즉효성 현혹 마술이 발동해 마술사단의 인식을 방해했다. 그들에게도 마법 결계 자체는 보이지만 마술의 발생원을 밝혀낼 수는 없다.

"지금 건…… 혹시 페리스의……? 정말이지…… 대단해……."

사정을 아는 미란다 대장은 작은 목소리로 감탄했다.

"성가신……. 또 그대인가!"

검은 비의 마녀가 페리스를 노려보았다. 페리스는 날카로운 시선에 몸이 경직됐지만 배 깊숙이에서 용기를 짜내 외쳤다.

"부탁이에요! 왕도 사람들을 풀어주세요! 왕도를 모두에게 돌려주세요! 모두에게서 소중한 것을 빼앗지 말아 주세요!"

"무슨 말이냐…… 먼저 빼앗은 것은…… 그대들 아닌가……."

"그건……."

원한에 물든 말에 페리스는 입술을 깨물었다.

'역시 그래요. 검은 비의 마녀 씨는 사실…….'

자신의 추측이 옳았다는 확신이 강해졌다. 마녀의 말투, 일어났던 많은 사건, 꿈에서 본 과거의 풍경이 완벽하게 맞물렸다.

구스타프가 성난 목소리로 마술사단에 호령했다.

"지금이다! 공격을 퍼부어라!"

"아, 안 돼……."

페리스가 막는다 해도 훈련된 병사가 긴급 시에 상관의 명령을 무시하는 일은 있을 수 없다. 낭랑한 언령 영창이 예술적일 정도로 겹쳐져 울려 퍼졌다.

병사들의 지팡이에서 일제히 마술이 발사됐다.

복수 속성이 혼합 편성된 상쇄 억제 공격. 불꽃의 외침, 바람의 축제, 얼음의 폭풍이 검은 비의 마녀에게 날아갔다.

"크윽……!"

가슴에 얼음 기둥이 파고들자 검은 비의 마녀가 비틀댔다. 아름답고도 요염한 입술에서 주르륵 피가 흘렀다.

"통한다……?"

미란다 대장은 전설의 존재에게 자신들의 마술이 통한다는 사실에 놀랐지만.

"이 이상…… 빼앗길 것 같으냐!"

마녀의 두 눈이 흉포하게 번뜩였다. 머리카락이, 드레스가, 독기가 칠흑으로 불타며 촉수를 뻗었다. 한 가닥 한 가닥에 마법진이 있어서 융합하며 팽창해 대폭발을 일으켰다.

페리스의 마법 결계에 균열이 생기며 깨졌다. 순식간에 새로운 결계가 발생했지만 전체를 막기엔 부족했다. 마술사들이 날아가 이공간의 계단으로 떠밀렸고 요란한 소리와 독기의 폭풍이 몰아쳤다.

"자, 잠시만요! 손쓸 방도가 없는데요?!"

굴러떨어질 것만 같았던 페리스를 필사적으로 안은 자넷.

폭풍 속에서 검은 비의 마녀가 천천히 떠올랐다. 폭풍으로 혼란에 빠진 전장에서 그녀만이 조용히 죽음의 기척을 뿌렸다.

그 눈동자에 비친 것은 깊고 깊은 절망.

“이제 됐느니라. 모두…… 사라져라.”

검은 비의 마녀가 속삭였다.

폐막을 알리는 지휘자처럼 우아하게 두 팔을 들었다. 검은 머리카락이 생물처럼 날뛰었고 막대한 독기가 뿜어졌다. 폭발에 잇단 폭발, 굉음에 잇단 굉음. 주위를 메우는 어둠 아지랑이에 마녀의 기억이 거품이 되어 나타나 고속으로 회전하다 사라졌다.

“흐에에에에에?! 지지지진정하세요오오!”

페리스는 필사적으로 마법 결계를 다시 펼치고서 그 내부로 친구들을 감쌌다. 폐쇄된 세계 그 자체가 뒤섞이며 완벽한 혼돈에 빠지고 있었다.

검은 비의 마녀는 외쳤다.

“어째서냐! 어째서냔 말이다! 소녀는 그저 조용히 살고 싶었을 뿐이었거늘! 그 아이가 웃어만 준다면, 그걸로 충분했는데! 어째서 소녀를 내버려 두지 않는 것이냐! 어째서 소녀의 마지막 행복까지 앗아가려 하느냐?!”

그 목소리는 마치 비명과 같았다. 강력한 마력으로 전장을 지배하면서도 이곳에 있는 누구보다 여렸다.

페리스는 가슴 안쪽이 아파졌다.

구스타프가 지팡이로 몸을 지탱하며 주위에 남은 마술사들에게 소리쳤다.

"마녀가 괴로워한다! 제대로 제어하지 못하는 것이다! 다들 공격하라!"

"이게……!"

지팡이를 든 마술사들을 무서운 얼굴로 노려보는 마녀. 서로의 마술이 서로를 없애려고 빠르게 날아들었다.

"기다려주세요오오오오!"

"페리스?!"

"뭐 하는 건가요?!"

그런 도중, 페리스가 뛰어들었다. 페리스 자신이 장벽이 되어 양쪽의 마술을 막았다. 마법 내성 무한의 작은 몸에 파괴 에너지가 순식간에 흡수되었다.

단장 구스타프가 눈을 부릅떴다.

"방해된다, 페리스! 거기서 비켜라!"

"방해하지 마라, 이 꼬맹이가!"

검은 비의 마녀도 크게 화를 냈다.

"죄죄죄죄송해요오오!"

양쪽에서 혼난 페리스는 몸을 움츠렸다. 무서워서 참을 수 없었지만 필사적으로 자신을 북돋아 그 자리에 머물렀다.

"하지만 이래선 안 될 것 같아요! 이런 방식으로는 또 같은 일을 반복하게 되는 거라고 생각해요!"

"같은 일이라니…… 무슨 의미죠?"

"다시 노속 전쟁이 되풀이된다는 뜻이니?"

앨리시아의 통찰에 페리스가 끄덕였다.

"저는…… 봤어요. 봤으니까 내버려 둘 수 없어요! 검은 비의 마녀 씨에게 그걸 건네고 싶어요!"

"그거라니…… 그거?!"

테테루의 눈이 휘둥그레졌다.

"설마…… 넘겨줬다간 큰일이 벌어질 거예요?!"

자넷도 페리스가 하려는 말을 깨달았다. 그리고 다른 친구들도. 마도구 아르타마키아, 노속 전쟁의 원흉이자 검은 비의 마녀가 갈망하는 비보.

페리스는 친구들에게 말했다.

"분명 괜찮을 거예요. 넘겨주지 않으면 괜찮지 않게 돼요! 여기서 전부, 노속 전쟁 때부터 이어진 잘못 전부를 끝내야 해요!"

그렇다. 인간은 몇 번이고 실수했다. 자신이 나아가야 할 길을. 검은 비의 마녀라는 재앙, 아니, 한 불쌍한 소녀에게 행한 소행을.

그러니 페리스는 지금에야말로 고쳐야 한다. 오랫동안 이어진 불행한 실수를. 검은 비의 마녀가 저지른 죄, 인간이 저지른 죄, 모든 운명의 부조리를.

페리스의 눈동자에 깃든 흔들림 없는 결의를 엘리제 공주가 놓치지 않았다.

"……당신이 그렇게까지 말한다면 믿겠어요."

"엘리제 씨!"

자넷이 머리카락을 쓸어 올려 등 뒤로 넘겼다.

"라인츠리히의 딸이 치, 치치친구를 편들어주지 않을 수는 없답니다! 페리스가 원하는 대로 하시어요!"

"자넷 씨!"

테테루와 앨리시아도 웃었다.

"힘내, 페리스! 방해하는 사람은 내가 날려버릴 테니까!"

"날려버리는 건 좋지 않겠지만…… 도와줄게."

"고맙습니다!"

페리스는 가슴이 뜨거워졌다. 자신의 친구는 정말로 멋진 사람들뿐이다. 그리고…… 검은 비의 마녀에게도 예전엔 이런 최고의 친구가 있었다. 그 마음을, 과거를 지키기 위해서라도 해야만 한다.

"갈게요!"

페리스는 검은 비의 마녀를 향해 전속력으로 달렸다.

마술사단은 공격을 다시 시작하려 했지만 그 앞을 엘리제 공주가 가로막았다.

"자…… 끝까지 검은 비의 마녀와 싸우겠다면 저도 함께 태워버리세요……!"

말괄량이 공주의 지위, 왕족의 위엄을 악용한 방해 공작. 마법병사들은 당황했다.

"공주님께서 이상해지셨다!"

"빨리 공격해라! 마녀에게 당한다!"

"안 됩니다! 공주님께 맞습니다!"

"원격 제어 마술이라면 어떻게든 되겠지!"

"하지만 만에 하나……."

왕가에 반역할 정도로 기개 있는 병사는 그리 많지 않다. 조준에 자신이 있는 베테랑 병사만이 지팡이를 들고 영창을 시작했다.

그러나 발사된 마탄을 마술 폭풍이 요격했다.

필사적으로 바람 마술을 다뤄 검은 비의 마녀를 지키는 것은 자넷 라인츠리히, 마술사단장의 친딸.

"자넷! 무슨 생각이냐?!"

단장 구스타프는 믿을 수 없다는 심정으로 외쳤다.

"저, 저도 잘 모르겠습니다! 저는 그저 페리스를 위해 열심히 하는 것뿐이어요!"

자넷은 이판사판으로 구스타프와 대치했다. 아버지가 발사한 숙련된 바람 마술에 떠밀려 전투용 지팡이를 놓칠 것 같았지만, 앨리시아가 옆에서 응전해주었다. 둘이서 연계 마술을 사용해 마술사단장의 공격을 열심히 막았다.

마법 학교의 학생, 게다가 마술사단과 인연이 깊은 아가씨의 모반에 병사들이 경악했다.

"앨리시아 님까지?!"

"마녀에게 조종당하고 계신 거다!"

"어린아이를 방패로 삼다니, 이 무슨 극악무도한!"

"그런 건 아니지만…… 설명해봤자 들어주지 않겠지."

앨리시아는 포기한 듯이 어깨를 으쓱였다. 나중에 여기저기서 혼나게 될 것이 분명했지만 지금은 비상사태다. 페리스가 그렇게까지 자신의 의지를 굽히려 하지 않는 것은 드문 일이니 페리스를 믿고서 도와주어야 한다.

페리스는 테테루와 함께 검은 비의 마녀를 향해 돌진했다. 검은 비의 마녀는 증오스러운 듯이 입술을 삐죽이며 독기에 젖은 손을 들었다.

"어째서 자기편끼리 싸우는지는 모르겠다만…… 아무래도 좋다. 시끄러운 파리가 들끓기 전에 모든 것을 없애주겠노라!"

마녀의 두 손에 마법진이 펼쳐져 빠르게 회전하며 마탄을 쏘았다. 타오르는 어둠의 불꽃이 마술사단에 도달하기 전에 테테루가 사이에 끼어들었다. 마탄이 테테루의 육체에 직격해 화려하게 폭발했다. 성대하게 날아간 테테루는 곧바로 뛰어 일어났다.

"테테루 씨, 괜찮으세요?!"

"괜찮아~! 조금 아팠지만!"

평범한 인간이라면 치명상이었을 공격을 맞고도 활기찼다. 검은 비의 마녀는 뿌득 이를 갈았다.

"이…… 나비라의 방패 녀석! 몇 번 소녀를 방해해야 속이 시원한 것이냐, 이 역겨운 인형 놈이!"

"인형이 아니야, 인간이야! 마술사단은 내가 지킬 테니까 페리스는 신경 쓰지 말고 앞으로 돌진해!"

"네!"

소녀들은 모두 전력으로 페리스를 응원했다.

페리스는 성난 마녀의 공격에 날아가면서도 공중에서 자세를 고쳐 계속해서 돌진했다. 폐가 너무나도 괴롭고 심장도 터질 것 같았지만 멈출 수는 없다. 넘어져도 울어서는 안 된다.

폭풍처럼 날아드는 마술에도 겁내지 않고 천변지이의 재앙 한

복판을 친구들의 마음을 짊어진 채 달렸다.
그리고 반쯤 얼어붙은 마녀의 정면에 도착했다.
"……마녀 씨가 원하는 마도구는 여기에 있어요!"
페리스는 주머니를 들었다.
"뭐?!"
"뭣이?!"
"어떻게 된 거야?!"
구스타프도, 검은 비의 마녀도, 마법 병사들도 놀랐다.
"내용물은 펜던트였어요! 이건 마녀 씨가 예전에 친구에게 받은, 한 쌍의 펜던트죠?! 요한나 씨하고의 소중하고 소중한 추억이 맞죠?!"
"……! ……어째서 그것을……."
검은 비의 마녀가 눈을 크게 떴다.
"마녀 씨의 기억을 봤으니까요. ……친구가 죽었을 때도 봤으니까요."
"…………!"
마녀의 표정이 비통하게 일그러졌다.
"펜던트는 돌려드릴게요. 그러니까 이 이상 나쁜 짓을 하지 말아주세요. 다른 사람들을 풀어주세요."
페리스는 주머니에서 펜던트를 꺼내 마녀 쪽으로 내밀었다. 곤두섰던 마녀의 검은 머리카락이 힘을 잃었고 검은 옷을 두른 몸이 어두운 하늘에서 천천히 내려왔다.
"요한나는, 친구……가 아니다. 더 소중한…… 내 몸보다 소중

한…… 그런 소녀였다…….”

신음에 가까운 속삭임. 참회와 같은 고백과 함께 마녀가 다가왔다.

“바보 같은 짓 말아라! 그것을 마녀에게 넘겨선 안 돼! 세계가 멸망한다!”

구스타프가 소리쳤지만 페리스는 따르지 않았다.

“소녀는 어렸을 때부터 힘을 지니고 있었다. 그대의…… 그분의 재래라 불릴 정도의 무서운 힘을……. 하지만 소녀는 인간이었다. 그분과는 다르지. 사람들 속에서 살고, 사람들 속에서 죽을 수 있다면 그걸로 충분했다…….”

“저도…… 모두와 함께 있는 게 좋아요. 검은 비의 마녀 씨하고 마찬가지예요.”

마술사들이 검은 비의 마녀에게 공격을 퍼부었다. 그러나 페리스 주변에 마법 결계가 펼쳐져 검은 비의 마녀를 지켰다.

결계의 따뜻한 빛에 둘러싸인 검은 비의 마녀는 어머니에게 아장아장 다가가는 어린아이처럼 비틀거리는 발걸음으로 페리스에게 다가갔다.

“각 나라는…… 소녀의 힘을 원했다. 소녀가 따르지 않는다는 걸 알면 힘으로라도. 싸움에 휘말린 소녀의 요한나는…… 소중한 소녀는…….”

검은 비의 마녀가 페리스의 발밑에 무릎을 꿇었다. 눈 가득히 눈물이 맺힌 모습은 수많은 나라를 없앤 공포의 화신으로는 보이지 않았다.

"펜던트는…… 어쩌다 빼앗기셨어요?"

페리스가 조용히 물었다.

"요한나의 추억을 아무에게도 빼앗기지 않게 소녀가 지닌 모든 힘을 쏟았기 때문이니라. 거꾸로 그것이 탐욕스러운 인간들을 불렀다. 언제부턴가 정념과 독기가 달라붙어 펜던트는 둘도 없는 저주가 담긴 물건이 되었지……. 하지만 소녀가 그것을 바란 것은……."

"추억을 되찾고 싶어서……."

페리스의 말에 검은 비의 마녀가 끄덕였다. 한 쌍의 펜던트를 내밀자 떨리는 손으로 받아들고서 가슴에 꼭 안았다.

"……죄송해요. 우리를 용서해주세요."

페리스는 마녀 앞에 무릎을 꿇고 참회했다. 전혀 모르는 사람들의 죄를 짊어지고 마녀의 독기에 몸을 노출하며 기도를 바쳤다.

마녀의 어깨가 떨렸다. 그 칠흑의 두 눈에서 눈물이 한없이 흘렀다.

"이제 혼자서 좌절하지 마세요. 우리가 친구가 될 테니까요. 쓸쓸하고 힘든 건 이해하니까요. 그러니까……."

마녀의 고통을 이해한 진실의 눈동자가 상복의 소녀를 보았다.

그렇다, 마녀의 검은 비는 요한나를 애도하며 내린 비.

그 드레스를 물든 어둠은 마녀의 한탄 그 자체.

요한나가 사라진 뒤로 계속, 그리고 계속해서 그녀는 상복을 입었다.

"……마녀 씨."

페리스는 손을 내밀었지만 마녀는 고개를 저으며 멀어졌다.

"이제 와서 친하게 지내는 건 무리다. 역시 그대는…… 그분이구나. 지극히 높고 신성한 진실의 여왕. 어둠에 물든 소녀에게는 너무나도 눈이 부시는구나."

눈물에 젖은 얼굴로 쓸쓸한 듯이 미소 짓고서.

마녀를 중심으로 폭풍이 일어나더니 세계가 흔들렸다. 광장을 가득 메우던 거대한 껍질이 반짝이는 수정 파편이 되어 부서졌다.

검은 비의 마녀는 통곡과 함께 그 몸이 녹았고, 주위의 어둠이 열어지기 시작했다. 지면이 형태를 잃고, 계단이 무너지고, 몽환회랑의 공간이 와해했다.

"잠깐…… 잠깐 기다려주세요!"

페리스는 필사적으로 손을 뻗었지만 닿지 않았다.

검은 비의 마녀는 빛나는 펜던트를 소중히 쥐고 최후의 눈물을 흘리며 거품처럼 사라졌다.

"……고맙구나."

자상한 속삭임이 페리스의 귀에 닿았다.

그리고 정신이 들고 보니.

페리스는 푸른 하늘 밑에 서 있었다. 주변에는 왕도의 풍경이 온화하게 펼쳐져 있었다. 아까까지 피를 피로 씻는 싸움이 있었다고는 생각할 수 없을 정도로 평화로운 풍경. 어둠으로 가득했던 이공간은 이제 어디에도 존재하지 않았다.

꿈이 아니라는 것을 알 수 있었던 것은 가까이에 친구들의 모습이 있었기에. 상처와 피로 얼룩진 마술사단의 병사들은 귀신에 홀린 표정이었다.

"돌아…… 온 거군요……."

긴장이 풀린 페리스는 힘없이 지면으로 주저앉았다.

분명 인간은 용서받았을 것이다. 검은 비의 마녀는 바람을 이뤘을 것이다. 그것은 기쁜 일이지만, 페리스는 무척이나 쓸쓸했다. 손가락 끝에는 펜던트를 건넸을 때 닿았던 마녀의 손 감촉이 남아 있다.

"따뜻했어요…… 마녀 씨."

언젠가 검은 비의 마녀와 서로를 이해할 수 있는 날이 올까. 요한나와 그녀가 그랬던 것처럼 친구라 부르며 함께 웃을 수 있을까.

그렇게 되기를 바라며, 페리스는 앨리시아의 도움으로 자리에서 일어났다.

에필로그

황금과 보옥으로 가득한 내벽에 거장이 그린 왕족의 초상화가 보였다. 눈부시게 빛나는 다섯 겹의 샹들리에 너머에는 아름다운 드래곤 조각상이 있었다. 서민과는 세계가 다른 듯한 사치의 끝을 보여주는 현관 홀.

그 구석에 페리스는 몸을 웅크리고 벌벌 떨었다.

왕궁의 현관을 오가는 것은 어쩐지 신분이 높을 것 같은 사람들뿐. 유난히 목깃과 소매가 큰 공작 같은 옷을 입고 있고 화장을 두껍게 한데다가 진한 향수의 향기가 가득해서 페리스는 서 있기만 해도 어질어질했다.

"저, 저는…… 이만 돌아가고 싶은데요……."

힘없는 목소리로 호소하자 테테루가 웃었다.

"이제 막 도착했잖아. 제대로 얻어먹고 돌아가야지!"

"페리스가 없으면 공주님도 실망하실 거야."

"페리스가 있어서 초대된 셈이니 당당하게 있으시어요!"

그렇게 말하면서도 자넷의 하얀 타이즈를 입은 다리가 떨렸다.

그렇다, 오늘은 이곳 메르담 궁전에 초대받아 식사를 하게 되었다. 왕도를 구한 것이 페리스라고 발표할 수는 없어 대외적으로는 마술사단이 해결한 것이 됐지만, 그렇게 넘어가면 너무나도 미안하다며 엘리제 공주가 개인적으로 초대해주었다.

대귀족의 자녀라지만 빈번히 왕도에 올 기회가 없는 앨리시아와 자넷은 주위 경치에 흥미진진했다. 테테루는 당장에라도 달리고 싶어 근질근질한 것 같아 해서 실례를 저지를까 걱정한 앨리시아가 살며시 상의를 붙잡고 있었다.

그러나 페리스는.

"저는…… 딱딱해진 빵을 받으면 배부른데요……."

완전히 주눅 든 모습이다.

딱히 사례나 명예를 원하지 않았다. 그런 것보다 안심할 수 있는 곳에 숨고 싶었고 가능하면 근처 상자에라도 틀어박히고 싶었다. 그것은 작은 동물의 본능이다.

그때 엘리제 공주가 시녀들을 데리고 달려왔다. 아니, 멋대로 뛰어와 시녀들이 뒤쫓아 왔다.

"공주님! 뛰어선 안 됩니다!"

"저 아이들을 기다리게 할 수 없어요! 괜찮아요, 다른 사람과 부딪히지 않을 테니까요!"

"그런 문제가 아닙니다! 왕가의 이름이 운다고 말씀드리는 겁니다!"

나이가 많은 시녀가 주의를 주어도 엘리제 공주는 신경 쓰지 않았다. 요란한 드레스 자락이 걸리적거려 속도를 낼 수 없는 시녀들을 금세 따돌렸다.

"페리스, 잘 와주었어요! 정말 기뻐요!"

엘리제 공주는 달려들 듯이 페리스의 손을 잡고 온몸으로 환영했다.

"흐아, 네에! 이, 이렇게, 초대해주셔서, 감사합니다……."

페리스는 긴장으로 굳어버렸다. 엘리제 공주는 자상한 친구라고 생각하지만 그 가족인 왕족 사람들은 어떨지 모른다. 어쩌면 처형당할지도 모른다.

"저 아이는……?"

"파티에서 본 적 없는 얼굴이군요."

"어느 집안의 숨겨진 자식이려나요?"

"공주님과 친한 모양인데……."

현관홀에 활보하던 귀족들과 기사들이 신기한 듯이 시선을 집중하자, 일거수일투족에 주목을 받은 페리스는 머리가 어질어질해졌다.

"저는, 이제…… 안 되겠, 어요……."

"페리스?!"

친구들이 놀라는 와중, 페리스는 털썩 쓰러지고 말았다.

눈을 뜨니 페리스는 커다란 캐노피가 달린 침대에 누워 있었다. 어쩐지 선선하다 싶었더니 앨리시아가 침대 옆에 앉아 얼굴에 실크 부채를 부쳐주고 있었다.

"어라……? 여기는……?"

눈을 깜박이는 페리스.

"공주님의 침실이야. 현관에서 쓰러져 있으면 눈에 띄니까 옮

겨주셨어."

앨리시아가 온화하게 미소 지었다.

"여, 여기가 공주님의 방……. 무척 달콤하고 멋진 향기가 나는군요……. 역시나 공주님이시어요……."

자넷은 멍한 얼굴로 침실을 떠돌았다.

"정신 차려, 자넷. 너무 어슬렁거리면 실례야."

"앗?! 제가 지금 무슨?! 오래전부터 어떤 방일지 궁금해서 저도 모르게 그만……."

새빨개진 얼굴로 페리스의 곁으로 돌아왔다.

"융단 푹신해~! 라도레 산 위의 초원 같다~!"

테테루는 아무것도 신경 쓰지 않고 바닥을 굴렀다. 역시나 공주님은 소녀의 영원한 동경의 대상. 그 성역에 들어오게 되어 다들 들떠 있었다.

백발의 시녀장이 신경질적으로 눈썹을 경련하며 엘리제 공주에게 불만을 토로했다.

"역시 곤란합니다……. 미혼이신 공주님의 침소에는 엄격한 훈련을 받은 시녀 이외에는 출입이 금지되어 있고……."

"아니요, 괜찮아요. 들어보니 평범한 여자아이들은 친해지면 서로의 방을 방문한다잖아요. 당신도 그렇게 자라셨죠?"

"그건…… 그렇습니다만……."

"그럼 저도 그렇게 하게 해주세요. 저는 친구가 있었으면 해요."

엘리제 공주는 동경의 눈빛을 페리스 일행에게 쏟았다. 저마다 자신에게 없는 것을 간절히 바라는 것은 세상의 상식이다.

"아아…… 공주님은 정말이지……."

"페리스는 생명의 은인, 앨리시아와 자넷의 신분은 확실하고 테테루는 그 월트 경이 후견인이에요. 시중은 필요 없어요."

"……알겠습니다. 부디 지나치게 들뜨지는 말아 주시길."

어쩔 수 없다는 듯이 고개를 저은 시녀장은 다른 메이드들을 데리고 퇴실했다. 여자아이였던 시절은 이미 오래전이지만 공주의 고독을 모르는 것도 아니다. 이 조촐한 교우 관계가 조금은 말괄량이 기질을 막아주지는 않을까 하는 기대도 있었다.

엘리제 공주가 침대에 누운 페리스에게 다가갔다.

"저, 저기, 죄송해요……. 제가 또 폐를 끼쳐서……."

페리스가 사과하자 엘리제 공주는 장난스럽게 웃었다.

"상관없어요. 덕분에 여러분을 방으로 부를 구실이 생겼으니까요."

테테루가 힘차게 침대로 뛰어들었다.

"엘리제는 제법 나쁜 아이네!"

"어머, 이제 아셨나요?"

엘리제 공주는 즐겁다는 듯이 웃었다.

"나, 나쁜 사람인가요?! 역시 저는 처형당하는 건가요?!"

"하지 않아요. 그런 나쁜 사람이 아니니까요. ……페리스를 왕궁으로 납치하고 싶다고는 자주 생각하지만요."

"이해해요! 네, 이해하고 말고요, 공주님!"

"흐에에에에?!"

의기투합한 엘리제 공주와 자넷을 보고 겁에 질린 페리스. 엘리제 공주와 잔뜩 놀 수 있는 것은 기쁘지만 납치당하는 것은 어쩐지 무섭다.

"오늘은 식사도 방으로 가져오라고 하죠. 그러는 편이 방해받지 않고 이야기 나눌 수 있으니까요. 배고픈가요?"

"저, 저기, 그게……."

꼬르륵, 페리스의 배가 대답했다.

"다행이다. 제대로 먹을 수 있는 모양이네요."

"아으으……."

먹보처럼 보일 것 같아 부끄러워진 페리스.

음식이 담긴 접시가 계속해서 들어왔다. 엘리제 공주에게서 학교와 트레이유의 질문을 받은 모두가 이야기에 꽃을 피우는 동안 시간이 점점 흘러갔다.

왕궁에서 돌아오는 길, 소녀들이 프로스페로의 길을 걷고 있으니 아기 고양이가 페리스에게 다가왔다. 매끄러운 검은 털과 당당한 분위기가 도둑고양이로는 보이지 않았다.

"앗, 야옹이예요! 귀여워요~!"

페리스는 재빨리 쓰다듬으려 했지만 검은 고양이는 훌쩍 피했다. 페리스는 포기하지 않고 쪼그려 앉아 다가갔지만 검은 고양이는 페리스의 등 뒤로 돌아들어 회피했다. 그리 쉽게 만지게 할 수 없다는 거만한 태도가 엿보였다. 그 점이 또 귀엽고도 건방져서 사냥 본능을 부추겼다.

"기다려요~! 잠깐만 만질 테니까요~!"

달리는 검은 고양이를 쫓아 페리스도 달렸다.

"페리스! 혼자 가면 또 미아가 될 거야!"

"금방 돌아올게요~!"

앨리시아의 충고를 들으며 추적에 몰두했다. 초라한 골목길로 들어가, 잡초를 뽑는 중인 민가의 정원을 지나, 호객하는 목소리로 떠들썩한 노점의 지붕을 올랐다. 페리스가 구한 왕도는 예전처럼 평화로운 일상을 되찾았다.

이윽고 페리스가 강가에 도착하자 물가에 검은 고양이가 앉아 있었다. 마치 기다리고 있었다는 듯이 가만히 페리스를 바라보았다.

"가, 간신히, 따라잡았어요……. 야옹이 씨, 조몰락조몰락하게 해주세요……."

페리스가 숨을 헐떡이며 다가가자 검은 고양이의 몸이 펑 하고 튕겼다. 본 적이 있는 검은 아지랑이가 일어나더니 거기서 아름다운 소녀의 사지가 모습을 드러냈다. 칠흑의 머리카락, 칠흑의 눈동자, 칠흑의 드레스. 태고의 조각상에 감정이 깃들어 움직이는 것처럼 균형 잡힌 몸.

"검은 비의 마녀 씨?!"

"……음. 오늘은 그대와 이야기하러 왔느니라."

검은 비의 마녀는 조용히 강가에 서서 긴 흑발을 나부꼈다. 증오로 날뛰며 왕도를 짓밟았을 때의 무서운 어둠은 없었다. 그저 달이 뜬 밤의 하늘처럼 아름다운 어둠이 그녀의 단아한 몸을 감쌌다.

예상도 못 한 손님의 방문에 페리스가 덩실거렸다.
"이야기요?! 기뻐요! 다른 사람들도 불러올게요!"
"그렇게 느긋한 이야기가 아니다. 그대에게 충고해둘 일이 있지."
"……?"
고개를 갸웃한 페리스.
"노속 전쟁에서 나비라의 방패에 져서 영원한 잠에 빠졌던 소녀의 봉인을 푼 자들이 있느니라. 그 녀석들은 사악한 야망을 위해 소녀를 이용해, 소녀가 모은 마력을 남몰래 훔쳐 갔지."
"누, 누군가요……?"
"그자들은, 『탐구자들』."
"흐에?!"
수많은 사건 사이에 얼핏 보이던 악랄한 교단. 자넷을 유괴하고 마석 광산에서 학살을 저지른 녀석들이다. 페리스는 한기가 드는 것 같았다.
"다가올 모략에 주의하여라. 어리석은 인류가 세월 속에 잊은 녀석들의 진정한 이름은…… 『진실 탐구자들』이지. 알겠느냐?"
"진실……?"
페리스는 마녀가 하려는 말을 알 수 없었다. 명칭이 조금 다르다고 해서 어떤 의미가 있는 것일까.
"소녀처럼 사랑하는 사람을 잃고 싶지 않다면 녀석들에게만큼은 그대의 정체를 들켜선 안 된다…… 진실의 여왕이여."
검은 비의 마녀는 몸을 돌리고서 떠나려 했다. 페리스는 다급히 불러 세웠다.

"고, 고맙습니다! 일부러 알려주셔서!"

"대단한 건 아니지. 그대에게는 신세를 졌다."

마녀는 돌아보지 않았지만 그 등에는 적의와는 다른 감정이 담겨 있었다. 친해지기를 거절하면서도 모든 것을 거절하지는 않은, 자상하고도 쓸쓸한 등.

페리스는 조심스럽게 물었다.

"또…… 만날 수 있죠?"

"……마음이 내킨다면."

검은 비의 마녀는 그런 말을 남기고서 밤의 꿈처럼 사라졌다.

진실 탐구자들의 성당에서는 오늘도 열렬한 예배가 열렸다.

거대한 예배당에 셀 수 없을 정도의 신자가 몰려들어 낭랑한 찬미와 기원의 목소리가 울렸다. 그것은 노랫소리처럼 드높게 천장을 오가며 이상한 약의 향기와 혼연일체가 되어 숭배의 황홀함을 가져왔다.

그 예배당에 우뚝 솟은, 자애 넘치는 표정을 떠올린 성상의 모습은…… 여신. 삼라만상을 받아들일 것만 같은 온화한 얼굴은 어딘가 페리스와 닮았다.

진실 탐구자들의 도사, 긴 로브를 두른 술사가 성상을 올려다보며 한탄했다. 금단의 마술에 잠식되어 닳아버린 몸을 떨며 울퉁불퉁한 주먹을 쥐었다.

"아아, 진실의 여신이시여, 위대하신 자애의 어머니, 마소의 여왕이시여. 당신은 어디로 가셨나이까. 어째서 우리를 버리셨나이까. 어떠한 피로 손을 물들이더라도, 우리는 반드시 당신께로……."

〈『열 살 최강 마도사 6』에서 계속〉

열 살 최강 마도사 5

2020년 08월 25일 제1판 인쇄
2020년 09월 01일 제1판 발행

지음 아마노 세이주 | **일러스트** 후카히레

옮김 김덕진

발행 영상출판미디어(주)
등록번호 제 2002-000003호
주소 21311 인천광역시 부평구 평천로 132 (청천동)
전화 032-505-2973(代) | FAX 032-505-2982

ISBN 979-11-6524-951-9
ISBN 979-11-319-7778-1 (세트)

十歳の最強魔導師 5

구매 시 파손된 도서는 구매처에서 교환하실 수 있습니다.
기타 불편사항, 문의사항이 있으신 독자님께서는 노블엔진 홈페이지
[http://novelengine.com] 에서 Q&A 게시판을 이용해 주시기 바랍니다.